MW00470804

Enid Blyton

LE CLUB DES CINQ

et le passage secret

hachette
JEUNESSE

FRANÇOIS

12 ans.

L'aîné des enfants, le plus raisonnable aussi.
Grâce à son redoutable sens de l'orientation,
il peut explorer n'importe quel souterrain
sans jamais se perdre !

ANNIE

10 ans.

La plus jeune, un peu gaffeuse,
un peu froussarde !
Mais elle finit toujours
par participer aux enquêtes,
même quand il faut affronter
de dangereux malfaiteurs...

CLAUDE

11 ans.
Leur cousine. Avec son fidèle
chien Dagobert, elle est
de toutes les aventures.
En vrai garçon manqué,
elle est imbattable dans tous
les sports et elle ne pleure jamais...
ou presque !

DAGOBERT

Sans lui,
le Club des Cinq
ne serait rien !
C'est un compagnon
hors pair, qui peut monter
la garde et effrayer
les bandits.
Mais surtout, c'est le plus
attachant des chiens.

MICK

11 ans.
C'est un casse-cou (un gourmand aussi !)
qui n'hésite jamais avant de se lancer
dans les plus périlleuses aventures.

L'édition originale de cet ouvrage a paru en langue anglaise
chez Hodder & Stoughton, Londres, sous le titre :
Five go adventuring again

© Enid Blyton Ltd.

© Hachette Livre, 1955, 1971, 1990, 1992, 2000, 2006, 2019
pour la présente édition.

Dans les précédentes éditions, ce texte
portait le titre : *Le Club des Cinq*.

Traduction revue par Anne-Laure Estèves.
Illustrations : Auren.

Hachette Livre, 58, rue Jean-Bleuzen, 92178 Vanves Cedex.

CHAPITRE 1

Les vacances

La fin de l'année approche, et les élèves de la pension Clairbois attendent les vacances de Noël avec impatience. Un matin, en arrivant au réfectoire pour le petit déjeuner, Annie trouve une enveloppe contre son bol.

— Tiens, une lettre de papa ! dit-elle avec étonnement, et, se tournant vers sa cousine Claude qui vient de s'asseoir à côté d'elle, elle ajoute :

— C'est bizarre, j'en ai déjà reçu une hier...

— J'espère qu'il n'y a rien de grave, dit Claude.

En réalité, elle s'appelle Claudine, mais elle déteste tellement ce prénom que ses parents, ses amis et même ses professeurs ont pris l'habitude de dire « Claude », qui fait plus masculin et qui lui correspond bien mieux.

Annie commence à lire sa lettre sous le regard inquiet de sa cousine.

— Oh non ! murmure-t-elle, tandis que ses yeux se remplissent de larmes. Maman a fait une mauvaise chute, et comme elle est très choquée, on ne pourra pas passer les vacances à la maison...

— C'est pas vrai ! s'écrie Claude, aussi déçue que sa cousine.

Les parents d'Annie avaient en effet invité Claude et son chien Dagobert à venir passer les fêtes de Noël chez eux. Tout était déjà planifié. Les Gauthier avaient prévu d'emmener les enfants au théâtre et au cirque, puis d'organiser un grand goûter autour du sapin avec tous leurs amis. Malheureusement, il faut oublier tous ces beaux projets... De son côté, Annie pense à ses deux frères, Mick et François. Ils sont internes eux aussi dans une autre école, et ont certainement hâte d'être en vacances.

— Je me demande ce que vont dire les garçons, murmure-t-elle. Ils ne pourront pas non plus passer Noël à la maison.

— Mais alors, qu'est-ce que vous allez faire ? questionne Claude.

Elle réfléchit un instant.

— Écoute, j'ai une idée : vous pourriez venir chez nous à Kernach. Je suis sûre que maman

ne demanderait pas mieux. Et ce serait génial !
On s'est tellement amusé l'été dernier quand
vous étiez à la maison[1]...

— Attends ! dit Annie. Laisse-moi d'abord
lire ma lettre jusqu'au bout. Pauvre maman,
pourvu qu'elle ne souffre pas trop !...

Soudain, elle s'interrompt et pousse un cri
de joie. Ses voisines de table la regardent avec
surprise.

— Claude ! s'écrie-t-elle, ta mère a eu la
même idée que toi. Elle et papa se sont arran-
gés et nous allons passer les vacances à Kernach ! Mais il y a quelque chose qui ne me plaît
pas beaucoup : ils ont engagé un professeur particulier pour s'occuper de nous, d'abord pour
que ta maman ait moins de travail, et ensuite
pour que les garçons rattrapent leur retard... ils
ont été tellement absents ce trimestre, à cause
de leurs grippes et de leurs angines à répéti-
tion...

— Qu'est-ce que tu dis ? répond Claude,
stupéfaite. Un professeur particulier ?... Il ne
manquait plus que ça ! Je parie qu'il va me donner des devoirs et des leçons, à moi aussi ! Mon
bulletin trimestriel ne va pas être terrible, et
quand mes parents le verront, ils n'hésiteront

---

1. Voir *Le Club des Cinq et le trésor de l'île*.

pas un seul instant. Mais comment veulent-ils que j'apprenne autant de choses à la fois ?

— En tout cas, dit Annie, l'air sombre, j'espère que ça ne va pas gâcher nos vacances : ce maudit professeur va nous suivre du matin au soir comme un toutou. En plus, moi je n'ai eu que des bonnes notes ce trimestre ! Je vais avoir un assez bon bulletin et il n'y a pas de raison que j'aie des devoirs de vacances ! Du coup, je vais m'ennuyer pendant que vous serez en cours... Remarque, j'irai peut-être me promener avec Dago. J'espère bien qu'il n'aura pas de devoirs de vacances, lui !

— Bien sûr que si ! réplique Claude vivement.

La perspective de voir son chien partir se balader avec Annie pendant qu'elle sera enfermée avec les garçons lui paraît insupportable. Sa cousine étouffe un petit rire.

— Mais enfin, Claude, dit-elle, ne raconte pas n'importe quoi ! Dago ne peut pas suivre des cours particuliers !

— Même s'il ne prend pas de leçons, Dagobert restera avec moi pendant que je travaillerai. Le temps me paraîtra moins long comme ça. Allez, Annie, dépêche-toi de finir ton petit déjeuner. Tout le monde a terminé et tu n'as même pas commencé !

Annie mord dans sa tartine en se dépêchant de finir sa lettre.

— Heureusement, reprend-elle, l'accident de maman n'a pas l'air trop grave : elle ne s'est rien cassé, mais sa cheville lui fait trop mal pour qu'elle puisse s'occuper de nous pendant les vacances. Papa a déjà prévenu les garçons, et il a écrit à ton père pour lui demander de trouver un professeur. Ce n'est vraiment pas de chance ! Ce n'est pas que je ne veuille pas retourner chez toi, mais j'avais tellement envie que tu viennes chez nous cette fois !

Les derniers jours du trimestre filent à la vitesse de l'éclair. Arrive le matin du départ. Dans un brouhaha incessant, les élèves de Clairbois achèvent de boucler leurs valises avant de se précipiter dans les cars qui les emmèneront à la gare.

— Et maintenant, en route pour Kernach ! s'écrie Claude, en se laissant tomber sur une banquette, au fond du car. Dago ! Ici, mon chien ! Viens t'asseoir entre Annie et moi.

La directrice de Clairbois autorise ses élèves à amener leur animal domestique à l'internat, c'est pour cela que le fidèle Dagobert a pu y suivre sa jeune maîtresse.

Le gros chien a conquis tout le monde en un

rien de temps. Il faut dire qu'il est toujours très sage... même si un jour, il s'est amusé à pourchasser un balayeur dans les couloirs pour lui voler son balai, et qu'il est allé l'apporter à Claude dans sa classe !

Maintenant, le chien est tranquillement installé à côté de sa maîtresse. Celle-ci se penche vers lui.

— Je suis sûre que toi, tu auras un excellent bulletin ! murmure-t-elle.

Puis, passant le bras autour du cou de l'animal, elle ajoute gaiement :

— Nous sommes en route pour la maison. Tu es content ?

— Ouah ! lance Dago de sa grosse voix.

Il se relève d'un bond et remue la queue frénétiquement. Un cri indigné se fait entendre derrière le chien :

— Claude, surveille ton chien ! Il vient de balayer mon bonnet avec sa queue !

Peu de temps après, on arrive à la gare, et les deux cousines se dépêchent de monter dans le train en compagnie de Dagobert. Peu après le départ, Annie pousse un gros soupir.

— Quel dommage que les garçons n'aient pas pu partir le même jour que nous ! dit-elle. Ça aurait pu être amusant de voyager tous les cinq ensemble...

Les vacances de Mick et François ne commencent que le lendemain, ils rejoindront donc leur sœur directement à Kernach. Mais Annie meurt d'envie de les voir : ils lui ont tellement manqué ce trimestre... Heureusement que sa cousine est là pour lui tenir compagnie !

Annie repense aux incroyables vacances de l'été précédent. À Kernach, chez les parents de Claude, les quatre enfants ont vécu des aventures passionnantes. La visite du vieux château en ruine de l'île de Kernach leur avait réservé de nombreuses surprises.

— J'espère qu'on pourra retourner sur l'île ! dit Annie d'un ton rêveur. Pas toi, Claude ?

À ces mots, la cousine sursaute.

— Tu peux oublier ça tout de suite ! s'écrie-t-elle. La mer est tellement agitée en hiver qu'il est impossible d'aborder là-bas. D'ailleurs, je crois qu'on ne pourra même pas se promener en barque cette fois-ci.

— Dommage ! dit Annie, déçue. J'aurais bien aimé continuer à explorer le château.

— Tu sais, je crois qu'il ne faut pas trop espérer revivre nos aventures de cet été. En général, l'hiver est très froid à Kernach. Et parfois, quand il a trop neigé, on ne peut même plus quitter la maison car la route du village est coupée.

— Ça pourrait être amusant ! s'exclame Annie d'un ton enthousiaste.

— Je ne crois pas. On ne pourra rien faire, et il faudra rester toute la journée enfermé. Ou sinon, on devra prendre une pelle et aller déblayer devant la porte.

Le train atteint enfin la petite gare de Kernach. Dès qu'il est à quai, les deux filles se dépêchent de descendre et cherchent la maman de Claude des yeux. Elle est au bout du quai, toute souriante. D'un même élan, les filles se précipitent vers elle, Dagobert sur leurs talons.

— Bonjour, maman ! Bonjour, tante Cécile ! s'écrient-elles en lui sautant au cou.

— Bonjour, les filles. Annie, je suis vraiment désolée que ta maman se soit fait mal, mais aux dernières nouvelles, elle va mieux. Ce n'est pas la peine de t'inquiéter.

— Tant mieux ! dit Annie. Et merci, tante Cécile de nous avoir tous invités à Kernach. Je te promets que nous serons sages. Oncle Henri doit déjà s'inquiéter de nous voir débarquer chez lui. L'été dernier, on était presque tout le temps dehors, donc on ne le dérangeait pas trop, mais cette fois-ci...

Henri Dorsel, le père de Claude, est un scientifique qui s'occupe de recherches de première importance. L'été précédent, il s'était souvent

énervé à cause des jeux bruyants des enfants. Et ces derniers ont un peu peur de lui...

— Ton oncle a beaucoup de travail en ce moment, dit Mme Dorsel, s'adressant à Annie. Il vient de faire une découverte importante et il est en train de rédiger un rapport pour le gouvernement.

— C'est passionnant ! s'exclame la fillette. De quoi s'agit-il ?

— Petite curieuse, je t'ai dit que c'était un secret, répond Mme Dorsel en riant. Et puis de toute façon, je n'en ai pas la moindre idée. Allez, en route ! Il ne fait pas très chaud sur ce quai.

Le petit groupe se dirige vers la sortie.

— Et comment va Dago ? reprend la maman de Claude. Il n'a pas l'air de mourir de faim, dis-moi !

— Oh ! maman, si tu savais comme il est heureux à Clairbois avec nous. Il s'amuse bien, je t'assure. Un jour, il a essayé de dévorer les pantoufles de la cuisinière...

— Et un dimanche, il est entré dans les cuisines, dit Annie. Et en moins d'une minute, il a avalé une terrine de rillettes entière !

— Et chaque fois qu'il aperçoit le chat du concierge, il lui court après.

— Mais... ! s'exclame Mme Dorsel, stupéfaite. La directrice de la pension n'acceptera jamais de reprendre Dago le trimestre prochain ! En tout cas, j'espère qu'il a été puni pour toutes ses bêtises.

— Eh bien... non..., répond Claude, rougissant jusqu'aux oreilles.

Elle hésite, puis rassemble son courage et poursuit :

— Tu sais, maman, à Clairbois, les élèves sont responsables de leurs animaux domestiques. Alors, quand Dago fait une bêtise, ce n'est pas lui qui est puni : c'est moi...

— Eh bien dans ce cas, ma pauvre Claude, tu as dû être punie souvent ! dit Mme Dorsel, en s'installant avec les deux fillettes dans le taxi qui les conduit à Kernach.

— D'ailleurs, reprend-elle, je trouve l'idée de votre directrice excellente !

Elle réfléchit un instant, et poursuit d'un air malicieux :

— Je me demande même si je ne vais pas utiliser cette méthode la prochaine fois que Dagobert fera une bêtise !

À ces mots, les deux cousines éclatent de rire. Les vacances s'annoncent finalement plutôt bien. Les garçons arrivent demain et dans quelques jours, c'est Noël...

Le taxi file sur la route. Soudain, au détour

du chemin, la mer apparaît. La baie de Kernach, avec ses couleurs d'hiver, semble absorbée par le ciel. Tout près, on aperçoit une petite île surmontée d'une vieille tour.

— Regarde, Annie ! s'écrie Claude. Notre château...

Les deux filles ne peuvent s'empêcher de repenser aux aventures de l'été précédent...

Enfin, on commence à distinguer le toit de la *Villa des Mouettes*, où habite la famille Dorsel. C'est une demeure typique de la région. Construite sur la lande, sans cesse balayée par le vent de la mer, elle s'abrite derrière ses haies de genêts.

Dès que le taxi s'arrête, les voyageuses sautent de la voiture et se précipitent dans la maison. M. Dorsel, qui les a entendues arriver, quitte aussitôt le bureau du rez-de-chaussée où il travaille, pour les rejoindre dans le couloir.

Henri Dorsel est très grand, il a un visage mat sous des cheveux bruns tout juste grisonnants. Annie trouve qu'il a l'air encore plus grand et plus sévère que la dernière fois.

« Pourquoi est-ce qu'il prend cet air méchant ? » se demande-t-elle.

Décidément, l'oncle Henri a beau être un grand scientifique, ça n'empêche pas sa nièce de préférer les gens plus gais et plus souriants.

Et elle pense à son propre père, qui a l'air si gentil.

Annie attend que Claude ait embrassé M. Dorsel, puis elle s'approche à son tour et dit poliment bonjour.

— Tu sais, Annie, dit son oncle, que ton père m'a demandé d'engager un professeur particulier pour toi, ou plutôt pour tes frères. Alors, cette fois-ci, il va falloir bien vous tenir.

L'oncle Henri cherche simplement à taquiner mais les deux cousines n'en mènent pas large. Claude et Annie se disent qu'un tel discours n'annonce rien de bon et elles n'ont aucune envie de rencontrer ce professeur. À tous les coups, il sera encore plus sévère que l'oncle Henri !

Les enfants sont donc vraiment soulagées quand M. Dorsel regagne son bureau quelques minutes plus tard.

Dès qu'il a disparu, la maman de Claude se tourne vers sa fille et lui dit :

— Ton père s'est vraiment surmené ces derniers temps. Il n'en peut plus. Heureusement, son livre est presque terminé. Il espérait l'avoir fini avant Noël, pour prendre des vacances et s'amuser avec vous, mais cela ne va pas être possible.

— C'est dommage, dit Annie sans grande

conviction. En réalité, elle est assez soulagée : comment peut-on s'amuser avec l'oncle Henri ? Elle l'imagine mal en train de jouer aux mêmes jeux qu'eux...

— Quand je pense que Mick et François seront ici demain, je suis surexcitée ! reprend soudain la fillette. Et ils vont être tellement contents de nous revoir ! Tante Cécile, tu sais, à l'école, tout le monde a compris qu'il valait mieux ne pas contrarier Claude. Personne ne l'appelle Claudine, même pas la maîtresse. J'aurais bien aimé que quelqu'un essaie, rien que pour voir sa réaction !

— C'est simple : j'aurais fait la sourde oreille, déclare Claude.

— Ça ne m'étonne pas, dit Mme Dorsel avec un sourire. Mais au fait, Claude, qu'est-ce que tu penses de Clairbois ?

— Oh ! maman, je m'y plais beaucoup. Bien sûr, au début, je n'étais pas habituée à me retrouver au milieu de tant de filles que je ne connaissais pas, mais je me suis vite habituée.

Claude hésite, puis continue :

— Mais, mon bulletin trimestriel ne doit pas être très bon. Il y a tant de choses que je ne sais pas !

— Je ne vois pas comment il pourrait en être autrement, répond Mme Dorsel. C'est la première fois que tu vas à l'école ! Ne t'inquiète pas, j'expliquerai cela à ton père. Et maintenant, les filles, dépêchez-vous de faire un saut dans votre chambre pour vous changer. Le goûter vous attend. Vous devez être mortes de faim !

Les fillettes se dépêchent d'obéir. Elles montent quatre à quatre l'escalier qui conduit au premier étage et courent à leur chambre. Mais en refermant la porte, elles s'aperçoivent que Dagobert ne les a pas suivies.

— Tiens, où est-ce qu'il peut bien être ? s'écrie Claude.

Annie éclate de rire.

— Ne t'inquiète pas, conseille-t-elle à sa cousine. Je parie qu'il est en train de faire le tour de la maison et de tout flairer pour être sûr qu'il est vraiment chez lui. Tu comprends, il doit avoir peur que les choses aient changé d'odeur pendant qu'il n'était pas là !

— C'est vrai, dit Claude, il doit être aussi heureux que nous d'être en vacances !

Et effectivement, Dagobert est fou de joie. Fatigué de sauter et de se frotter contre les jambes de Mme Dorsel, il se précipite dans la cuisine mais en ressort aussitôt, surpris et effrayé par l'air furieux de Maria, la nouvelle cuisinière.

Campée au milieu de la cuisine, les poings

sur les hanches, elle regarde Dagobert d'un air sévère. Finalement, elle lui dit :

— Écoute-moi bien, toi : je ne veux pas te voir ici plus d'une fois par jour, quand je te donnerai ta pâtée ! Et gare à toi si tu touches à mes provisions ! Je connais les chiens, et je sais qu'avec eux on peut toujours s'attendre au pire !

Dagobert s'enfuit sans demander son reste. Vite, il fait le tour de la salle à manger et du salon, ravi de reconnaître au passage les vieilles odeurs de cuir, de cire et de bois qui lui sont si familières. Il se hasarde ensuite jusqu'à la porte du bureau de M. Dorsel, la flaire, mais bat en retraite prudemment. Il n'a aucune envie de se retrouver nez à nez avec le maître des lieux.

Pris de panique, il s'élance dans l'escalier et court se réfugier dans la chambre où Claude et Annie achèvent de se préparer. Tout de suite, il cherche son panier des yeux. Il est à sa place habituelle, sous la fenêtre ! Tout va bien, il peut reprendre ses bonnes vieilles habitudes. D'un bond, Dagobert saute dedans. Il s'y recroqueville et agite la queue, tandis que ses grands yeux dorés regardent les deux fillettes comme pour leur dire :

« C'est bon de se retrouver chez soi ! »

CHAPITRE 2

Tous réunis !

Le lendemain, Claude et Annie décident d'aller attendre les garçons à la gare en compagnie de Dagobert. Elles enfilent donc de bonnes chaussures et se mettent en route. Le temps est radieux et Dago gambade devant les fillettes.

Le trajet paraît interminable à Annie, qui s'impatiente à l'idée de revoir ses frères. À peine parvenue à la gare, elle se précipite sur le quai pour voir arriver le train. Les trois amis n'attendent même pas qu'il s'arrête et se mettent à courir le long des voitures pour chercher Mick et François.

Claude les aperçoit la première. Penchés à la portière d'un compartiment en queue du train, ils gesticulent et appellent les filles.

— Annie ! Claude ! Par ici !

— Ils sont là ! crie Claude.

— Oh ! que je suis contente ! s'exclame Annie, en se jetant au cou de ses frères, qui viennent de descendre du train.

Dagobert est fou de joie, lui aussi. Il bondit autour de ses amis et montre son enthousiasme en leur passant de grands coups de langue sur les mains ou sur la figure.

Annie bavarde joyeusement avec les deux garçons. Soudain, elle s'aperçoit que Claude n'est plus à côté d'elle. Elle était pourtant bien sur le quai une minute plus tôt !

— Claude a dû aller réserver un taxi ! dit Annie. Prenez vite vos bagages, nous allons la rejoindre.

La fillette les attend devant la station de taxis. Elle a le regard dans le vague et l'air un peu triste.

— Bonjour, Claude ! s'écrient les garçons. Ils s'approchent d'elle et l'embrassent, mais elle reste silencieuse.

— Qu'est-ce qu'il y a ? lui demande Annie.

François regarde sa cousine et dit :

— Mademoiselle a dû s'imaginer qu'elle était de trop sur le quai tout à l'heure. Alors, elle boude... Sacrée Claudine !

Claude bondit, soudain furieuse.

22

— Toi d'abord, lance-t-elle à François, je t'interdis de m'appeler Claudine !

À ces mots, les deux garçons éclatent de rire.

— Tu n'as pas changé ! répond Mick en attrapant sa cousine par les épaules. Mais, vous savez, je suis bien content de vous retrouver ! Vous vous souvenez de nos super aventures de l'été dernier ?

Claude sent sa gêne et sa mauvaise humeur s'effacer peu à peu. François a vu juste : tout à l'heure, en observant le bonheur des retrouvailles d'Annie et de ses frères, Claude s'est sentie laissée de côté. Mais comment pourrait-elle en vouloir à ses cousins, toujours si gentils et patients avec elle ?

Les quatre enfants montent dans le taxi. Tous se serrent pour faire une place à Dagobert, qui saute sur leurs genoux. Mick commence à le caresser affectueusement, puis dit aux deux filles :

— Quelle chance vous avez de pouvoir emmener Dago à l'école ! Nous, on n'a pas le droit d'avoir le moindre animal. C'est bien dommage quand on aime les bêtes !

— N'empêche que, dans notre classe, Frédéric Jolinon élève des souris blanches en cachette, dit François. Un jour, elles se sont toutes sauvées dans l'escalier du dortoir juste au moment où le surveillant arrivait. Si vous aviez entendu les cris qu'il a poussés en les voyant !

Claude et Annie rient de bon cœur. Les garçons ont toujours des histoires tellement drôles à raconter à la fin du trimestre !

— Il y a aussi Julien Duseigneur qui collectionne les escargots, dit Mick. Normalement, il sont censés dormir tout l'hiver. Mais ils ont dû trouver qu'il faisait trop chaud dans la boîte où Julien les avait mis. Alors ils sont tous sortis. On les voyait se promener partout sur les murs, et je vous assure qu'on a bien ri quand le professeur de géographie a fait venir Julien au tableau, en lui demandant de montrer l'île d'Elbe sur la carte. Il y avait un gros escargot en plein dessus !

Tout le monde éclate de rire. Quelle joie d'être enfin réunis ! Tous les quatre ont pratiquement le même âge. François est l'aîné du groupe, avec ses douze ans. Puis viennent Claude et Mick, onze ans, et enfin la cadette, Annie, dix ans.

— Je suis soulagé que maman commence à aller mieux, dit Mick tout à coup. J'avoue que, sur le moment, quand j'ai su qu'on ne pourrait pas passer les vacances à la maison, j'ai été très déçu. J'avais tellement envie d'aller au cirque...

Mais je suis quand même très content de revenir à Kernarch. Après les aventures qu'on a
vécues ici l'été dernier, on peut s'attendre à
tout ! Mais je crois que cette fois-ci, il ne faudra pas y songer.

— C'est vrai, dit François. Avec ce maudit
professeur... Il paraît que c'est indispensable
parce que, Mick et moi, on a été trop souvent
absents ce trimestre, et comme on n'a pas envie
de redoubler...

— Oui... dit Annie en soupirant. Je me
demande sur qui nous allons tomber. Pourvu
qu'il ne soit pas trop sévère ! C'est aujourd'hui
qu'oncle Henri doit décider qui il va prendre.

Les deux garçons grimacent. Ils savent que
M. Dorsel préférera presque à coup sûr un
maître rébarbatif. L'idée que se fait l'oncle
Henri du professeur idéal doit être assez différente de celle qu'en ont ses neveux...

De toute manière, les enfants espèrent bien
avoir un ou deux jours de tranquillité, car le
professeur ne viendra sûrement pas avant le lendemain ou le surlendemain. Et puis, il ne sera
peut-être pas aussi terrible qu'ils le craignent...

Les garçons reprennent espoir. Ils s'amusent
à tirer les longs poils de Dagobert pour le taquiner. Le chien entre tout de suite dans le jeu, il
montre les crocs avec des grognements ter-

ribles, comme s'il voulait dévorer tout le monde. Dagobert a de la chance, se disent les enfants, il peut être tranquille, il n'aura pas de cours à suivre, lui !

On arrive à Kernach. Mick et François sont enchantés de revoir leur tante, mais ne peuvent retenir un soupir de soulagement en apprenant que l'oncle Henri est sorti.

— Il est descendu en ville pour rencontrer deux ou trois personnes qui pourraient vous faire travailler pendant les vacances, explique Mme Dorsel. Mais il ne va pas tarder à rentrer.

— Maman, est-ce qu'il faudra que je prenne des cours moi aussi ? demande Claude, qui attend avec impatience d'être fixée, car ses parents n'ont pas encore abordé le sujet avec elle.

— Bien sûr que oui, répond Mme Dorsel. Nous avons reçu ton bulletin trimestriel : il est meilleur que ce que l'on pouvait craindre, mais il montre que tu as de grosses lacunes dans certaines matières. Tu as pris beaucoup de retard, et je suis sûre que ce travail pendant les vacances te fera beaucoup de bien.

Claude fait la grimace. Elle s'attendait un peu à ce que vient de lui annoncer sa mère, mais ça ne rend pas la situation plus réjouissante pour autant.

— Il n'y a qu'Annie qui ne prendra pas de cours alors, conclut-elle.

— Non, Claude, je viendrai avec toi, promet Annie. Peut-être pas tous les jours, surtout s'il fait très beau... mais presque, pour te tenir compagnie.

— Merci, mais ce ne sera pas la peine, je t'assure. J'aurai Dagobert.

— Seulement si votre professeur le permet, coupe Mme Dorsel.

Bouleversée, Claude regarde sa mère.

— Oh ! maman, s'écrie-t-elle, si Dago ne peut pas rester à côté de moi, je ne ferai pas mes devoirs et je n'apprendrai pas mes leçons !

Mme Dorsel se met à rire.

— Allez, voilà que Claude monte sur ses grands chevaux ! s'exclame-t-elle.

Puis, se tournant vers les garçons, elle dit :

— Vous deux, allez vite vous changer. Vos vêtements ne sont pas assez chauds pour le climat breton !

Les enfants montent tout de suite dans leur chambre, escortés par Dagobert.

— Je me demande qui oncle Henri va nous dénicher, marmonne Mick en se brossant les cheveux. Si au moins on pouvait tomber sur quelqu'un d'amusant, qui se rende compte à quel point c'est barbant de faire des devoirs pendant les vacances... on pourrait passer des bons moments avec lui après les cours.

— Dépêche-toi de mettre un pull ! l'interrompt François. Le goûter nous attend et j'ai l'estomac dans les talons. On aura toujours le temps de parler du professeur !

Tous quatre descendent à la salle à manger. Maria a préparé de délicieuses brioches ainsi qu'un énorme gâteau dont il ne reste pas une miette à la fin du goûter.

Au moment où les enfants quittent la table, M. Dorsel entre, l'air satisfait. Il souhaite la bienvenue à ses neveux et leur demande s'ils sont contents de leur premier trimestre à l'internat.

— Oncle Henri, tu as engagé notre professeur particulier ? questionne Annie, qui sait que sinon personne n'osera interroger M. Dorsel.

— Oui, c'est fait, répond l'oncle en s'asseyant devant la tasse de thé que lui sert sa femme. J'ai vu trois personnes que l'on m'avait recommandées et j'étais presque décidé quand quelqu'un d'autre s'est présenté.

— Et c'est celui-là que tu as choisi ? s'enquiert Mick.

— Oui, je l'ai trouvé très bien. Intelligent, cultivé. Il avait même entendu parler de mes travaux. Et puis ses références étaient excellentes.

— Ces détails ne doivent pas beaucoup intéresser les enfants, murmure Mme Dorsel.

— Tu as raison, convient l'oncle Henri.
Bref, il a accepté mes conditions. Il est beaucoup plus âgé que les autres candidats mais il
a l'air énergique et il a le goût des responsabi-
lités. Il se plaira certainement ici, et je suis sûr
que tu l'apprécieras, Cécile. En tout cas, je serai
ravi de bavarder avec lui, le soir après le dîner.

Les enfants ne peuvent s'empêcher de se dire
tout bas que ce professeur n'a pas l'air bien
amusant... Voyant leur mine inquiète, M. Dorsel reprend avec un sourire :

— Je suis sûr que vous vous entendrez très
bien avec M. Rolland. Il a l'habitude des
jeunes, et il saura faire le nécessaire pour que
vous fassiez des progrès.

À ces paroles les enfants sont encore plus
inquiets.

— Quand est-ce que ce M. Rolland doit arriver ? demande Claude.

— Demain matin. Vous irez l'attendre à la
gare, ça lui fera plaisir.

— C'est que... commence François.

Il jette un coup d'œil à sa sœur et, voyant
son air désappointé, il poursuit résolument :

— Nous avions l'intention de descendre en
ville par le car pour faire nos achats de Noël.

— Non, mes enfants, pas demain matin. Je veux que vous alliez à la gare pour accueillir M. Rolland. Il est déjà au courant. D'ailleurs, je vous recommande d'être sages avec lui. Obéissez-lui et travaillez sérieusement.

— J'essaierai, dit Claude, s'il est gentil.

— Tu as intérêt à faire des efforts, Claude, que tu apprécies M. Rolland ou non ! répond M. Dorsel d'un ton sec.

Et il ajoute :

— Le train arrive à dix heures et demie. Surtout, ne soyez pas en retard : je compte sur vous.

Ce soir-là, quand les enfants se retrouvent seuls, ils échangent leurs réflexions.

— J'espère que ce M. Rolland ne sera pas trop sévère, dit Mick. Sinon, cela va gâcher nos vacances. Et pourvu que Dagobert lui plaise !

Claude, qui est occupée à caresser son chien, relève la tête vivement.

— Pourquoi est-ce qu'il ne lui plairait pas ? s'exclame-t-elle.

— Écoute, Claude, fit Mick. Tu sais que l'été dernier ton père n'était pas tellement content de voir Dago dans la maison. En fait, il y a des gens qui n'aiment pas les bêtes !

— Si M. Rolland n'aime pas Dagobert, je

refuserai de travailler. Je ne ferai rien, tu entends ! Rien !

— Eh bien ! s'écrie Mick en riant, les vacances promettent d'être mouvementées, si, par malheur, notre professeur n'aime pas les chiens !

CHAPITRE 3

M. Rolland

Le lendemain, le temps est magnifique. Le soleil brille et on ne voit pas un nuage à l'horizon. L'île de Kernach se dessine clairement sur la baie. Les enfants la contemplent longuement, le cœur plein de nostalgie.

— J'aimerais tant pouvoir retourner là-bas ! murmure Mick. La mer est tellement calme... Qu'est-ce que tu en penses, Claude ?

— L'île est entourée de rochers, et c'est très dangereux de s'en approcher en cette saison, répond sa cousine. D'ailleurs, maman ne nous donnerait sûrement pas la permission d'y aller.

— Cette île, c'est un peu notre domaine, dit Annie. C'est comme si elle était à nous aussi, pas vrai, Claude ?

— Bien sûr, et le château vous appartient

33

autant qu'à moi. N'oubliez pas que j'ai juré de ne le partager avec personne d'autre. Allez, il ne faut pas rester plantés ici : nous allons être en retard pour le train ! Venez vite, la gare n'est pas tout près !

Les cinq amis se mettent donc en route et discutent en admirant la baie de Kernach depuis le chemin.

— Dis-moi, Claude, demande François, toutes les terres qui entourent *les Mouettes* appartenaient à ta famille avant ?

— Oui, mais aujourd'hui, il ne nous reste que la maison, l'île avec les ruines du vieux château et la ferme de Kernach, qu'on voit là-bas.

Claude tend le bras et désigne à ses compagnons une petite colline isolée sur la lande. La bruyère couvre ses pentes d'ombres mauves qui tranchent avec le vert sombre des quelques arbres plantés au sommet. Derrière eux, on devine le toit d'ardoise de la ferme.

— Cette ferme est habitée ? reprend François.

— Oui, il y a un vieux fermier et sa femme, répond Claude. Ils sont très gentils et, si vous voulez, on ira les voir un de ces jours. Comme ils sont trop âgés pour travailler, maman les laisse recevoir des pensionnaires pendant l'été. Cela leur permet de...

— Écoutez ! s'écrie Mick brusquement. Le train n'est pas loin : je viens de l'entendre siffler. Dépêchons-nous ! Nous allons être en retard !

Au même instant, le convoi s'engouffre dans le tunnel qui mène à la gare, et bientôt, les enfants voient déboucher le train.

Ils se mettent aussitôt à courir. Il n'y a pas une minute à perdre !

— Vous allez sur le quai chercher M. Rolland ? demande Claude en s'arrêtant à bout de souffle devant l'entrée de la gare. Moi, je reste ici pour surveiller Dagobert.

— Moi aussi ! déclare aussitôt Annie.

— D'accord, on y va ! s'écrie François, et, entraînant son frère, il se précipite dans la gare.

Les voyageurs sont peu nombreux, et les garçons ne voient au départ qu'une femme avec un panier, et un jeune homme qui se dirige vers la sortie en sifflotant. Mick le reconnaît : c'est le fils du boulanger ! Puis un homme âgé descend, avec difficulté, de son compartiment. Mais où est donc M. Rolland ?

Soudain, un homme à l'allure curieuse sort du wagon de tête. Il est petit, mais plutôt bien en chair. Il a les yeux bleus et le regard vif. Ses cheveux et sa barbe commencent à grisonner.

Après avoir inspecté le quai rapidement, il pose ses yeux sur les enfants.

— Ça ne peut être que lui, dit François à son frère. Viens, allons lui parler.

Les garçons se dirigent vers l'inconnu, puis François demande poliment :

— Pardon, monsieur, vous êtes bien M. Rolland ?

— C'est moi, en effet, et vous êtes sans doute Mick et François ?

— Oui, monsieur, répondent les garçons. Nous sommes venus vous accueillir.

— Merci, c'est gentil à vous, dit M. Rolland.

Son regard perçant inspecte les deux enfants des pieds à la tête, et un sourire passe sur ses lèvres. De leur côté, François et Mick trouvent l'homme sympathique, avec son air simple et bienveillant.

— Où sont les deux autres ? demande le professeur en se dirigeant vers la sortie.

— Claude et Annie sont sur la place, explique François. Elles nous attendent.

— Claude ? répète M. Rolland d'un ton surpris. Mais je croyais qu'il y avait deux filles... Je ne savais pas que vous étiez trois garçons !

Mick se met à rire.

— Claude est une fille, explique-t-il. En fait, elle s'appelle Claudine.

— C'est un très joli prénom.

— Notre cousine n'est pas du tout de cet avis : elle le trouve affreux et refuse de répondre si on l'appelle comme ça, dit François. Je crois qu'il vaudrait mieux que vous fassiez comme nous !

— Vraiment ? dit M. Rolland, d'une voix soudainement glaciale.

François lui jette un coup d'œil à la dérobée. « Tiens, pense-t-il, cet homme n'est peut-être pas aussi gentil qu'il en a l'air. »

Cependant Mick poursuit la conversation :

— Vous allez voir aussi Dago. Il est venu avec nous.

— Ah !... et qui est Dago ? Un garçon ou une fille ?

— C'est un chien, monsieur, répond Mick en souriant.

Le professeur paraît assez étonné.

— Un chien ! répète-t-il. Je ne savais pas que vous aviez un chien ! Votre oncle ne m'en a pas parlé.

— Vous n'aimez pas les chiens ? demande François, stupéfait.

— Je les déteste ! rétorque M. Rolland sèchement. Le vôtre n'a pas intérêt à me déranger. Soudain, apercevant Claude et Annie, il s'écrie :

— Voici les filles ! Bonjour, mes enfants !

Ces paroles déplaisent tout de suite à Claude, mécontente d'être classée parmi les filles. Elle qui s'efforce toujours de se conduire en vrai garçon ! Du coup, elle tend la main à M. Rolland sans prononcer un mot. En revanche, Annie sourit gentiment au nouveau venu qui la trouve plus aimable que sa cousine.

— Dago ! Viens dire bonjour à M. Rolland, commande François.

Dagobert a en effet appris à donner sa patte droite avec élégance pour se présenter aux gens. Le professeur examine le gros chien assis devant lui. L'animal le regarde quelques instants, immobile, puis il se lève et, sans plus de manières, lui tourne le dos. Les enfants n'en croient pas leurs yeux. Dagobert est d'ordinaire tellement obéissant !

— Dago ! Mais qu'est-ce que ça veut dire ? s'écrie Mick.

Dagobert ne bouge pas d'un pouce, mais le léger frémissement de ses oreilles montre qu'il a entendu.

— Je crois que vous ne plaisez pas beaucoup à mon chien, dit Claude en regardant M. Rolland. C'est bizarre, parce que d'habitude, il est très docile. Mais c'est peut-être parce que vous n'aimez pas les bêtes ?

— À vrai dire, je n'aime pas du tout les chiens. Quand j'étais petit, je me suis fait mordre, et depuis, j'en ai une peur bleue ! Mais bon ! j'espère que Dago finira par s'habituer à moi.

François cherche un taxi suffisamment grand pour accueillir le professeur, les enfants, et Dagobert. Celui qu'il trouve est aussi spacieux qu'une voiture familiale et tout le monde s'installe à l'intérieur. Serré contre ses jeunes amis, Dagobert ne quitte pas des yeux les mollets de M. Rolland, comme s'il guettait le moment d'y donner un coup de dent... Annie s'en aperçoit et se met à rire.

— Je me demande quelle mouche a piqué Dago ! s'exclame-t-elle. Il se comporte bizarrement. Et, se tournant vers le professeur, elle ajoute avec un sourire :

— Heureusement que ce n'est pas à lui que vous allez donner des cours, monsieur !

M. Rolland sourit à son tour, montrant des dents d'une blancheur éclatante. Son regard bleu se pose sur Annie. Ses yeux sont aussi clairs que ceux de Claude.

Le professeur plaît beaucoup à Annie. Il se met à plaisanter avec les garçons et eux aussi commencent à penser qu'après tout, l'oncle Henri n'a peut-être pas fait un si mauvais choix en engageant M. Rolland.

Seule Claude garde obstinément le silence. Elle est persuadée que le nouveau venu déteste Dagobert, et cela suffit à attiser sa méfiance. De plus, Claude s'étonne que son chien adopte un comportement aussi hostile vis-à-vis de M. Rolland.

« C'est un chien intelligent, se dit-elle, il a sûrement compris ce que M. Rolland pense de lui. C'est sûrement pour ça qu'il a refusé de donner la patte. Je suis sûre qu'à sa place, j'aurais fait la même chose ! »

À l'arrivée aux *Mouettes*, Mme Dorsel accueille M. Rolland et le conduit dans sa chambre.

— Eh bien, dit-elle aux enfants en redescendant l'escalier, il semble gentil et plutôt jovial. Et il a l'air assez jeune.

— Mais il n'est pas jeune du tout ! s'exclame François. Il a au moins quarante ans !

Tante Cécile ne peut s'empêcher de rire.

— Et tu trouves que c'est vieux, quarante ans ? dit-elle. Mais peu importe : qu'il soit jeune ou non, je suis sûre que vous vous entendrez très bien avec M. Rolland.

— Nous n'allons pas commencer à travailler avant Noël, si ? demande Mick sans véritable espoir.

— Enfin, Mick, il reste encore trois jours avant Noël ! Tu ne crois tout de même pas que tes parents ont engagé un professeur particulier pour que vous vous tourniez les pouces pendant la moitié des vacances !

La mine des enfants s'allonge.

— Mais on voulait aller en ville pour acheter nos cadeaux de Noël, plaide Annie.

— Vous pourrez y aller l'après-midi, puisque vous ne travaillerez que le matin, explique tante Cécile. Vous aurez seulement trois heures de leçons par jour. Je crois que vous n'en mourrez pas !

À ce moment, M. Rolland descend de sa chambre et Mme Dorsel le conduit dans le bureau où travaille son mari. Elle ressort de la pièce quelques instants plus tard et dit aux enfants en souriant :

— J'ai l'impression que votre oncle et M. Rolland vont bien s'entendre. Apparemment, ils s'intéressent au même genre de recherches

— Espérons qu'il restera le plus possible avec papa, murmure Claude.

— Et maintenant, si on allait faire un tour ? propose Mick. Il fait si bon, il faut en profiter ! À moins que M. Rolland ne veuille nous donner son premier cours...

— Non, pas ce matin, décide tante Cécile. Il est trop tard. Vous commencerez demain. Allez vous promener. Rien ne dit que nous aurons beaucoup d'autres belles journées comme celle-ci pendant votre séjour.

— On pourrait peut-être aller à la ferme de Kernach, dit François. Ça pourrait être intéressant. Qu'est-ce que tu en penses, Claude ?

— Avec plaisir ! s'écrie-t-elle. Elle siffle Dagobert qui accourt, bondissant de joie, et tout le monde se met en route.

Les cinq amis contournent la maison, puis traversent le potager et le verger. Bientôt, ils se retrouvent sur la lande. Ils aperçoivent au loin la petite colline sur laquelle est bâtie la ferme de Kernach.

Claude entraîne ses compagnons sur un sentier qui s'étire devant eux à perte de vue. Une lumière nacrée baigne l'horizon. Le pas des promeneurs sonne sur le sol gelé et l'on entend les griffes de Dagobert crisser sur l'herbe givrée. Inlassablement, le chien court devant les enfants, puis revient vers eux, haletant, tout heureux de les retrouver tous ensemble.

La ferme de Kernach domine la lande. Ses lignes sont à la fois robustes et élégantes. Une vaste cour carrée s'étend devant les bâtiments de pierre blanche.

Claude pousse la barrière et, tout en tenant Dagobert par le collier, s'avance vers la maison. Même si les chiens de garde n'ont pas aboyé, la fillette préfère se montrer prudente. Elle ne voudrait pas que Dago provoque une bagarre.

Un bruit de pas dans la cour attire l'attention des enfants. Un homme âgé vient de sortir de la grange et se dirige vers eux.

— Bonjour, monsieur Guillou, s'écrie Claude.

— Ça alors, mais c'est Claude ! lance le vieux monsieur, tout surpris.

Le visage de Claude s'éclaire d'un large sourire.

— Voici mes cousins ! annonce-t-elle d'une voix forte.

Et, se tournant vers ses compagnons, elle leur explique :

— M. Guillou est sourd comme un pot. Il faut crier si vous voulez qu'il vous entende.

François fait un pas en avant.

— Bonjour, je suis François ! claironne-t-il.

Annie et Mick se présentent à leur tour alors que le vieil homme les regarde d'un air ravi.

— Venez à l'intérieur voir ma femme, dit-il. Elle va être tellement contente... Vous vous rendez compte : nous avons vu naître Claude, et nous connaissons sa mère depuis qu'elle est toute petite. On habitait déjà ici à l'époque de ses grands-parents !

— Mais alors, vous devez être très, très vieux ! s'écrie Annie, médusée.

— Qui sait..., répond l'homme, en souriant. Je suis peut-être aussi vieux que les dinosaures!... Allons, entrez vite.

Les enfants pénètrent dans l'immense cuisine de la ferme. Là, une vieille dame s'active aussi fébrilement qu'un écureuil. Elle pousse un cri de surprise en voyant entrer les visiteurs.

— Eh bien ça alors ! Claude ! s'écrie-t-elle. Depuis le temps qu'on ne t'a pas vue ! On nous a dit que tu étais en pension !

— C'est vrai, fit Claude, mais je suis revenue à Kernach pour les vacances de Noël. Madame Guillou, je peux lâcher Dagobert ? Il sera sage, si vos chiens ne l'embêtent pas !

— Allez, détache-le. Il tiendra compagnie à Noisette et Pistache dans la cour. Ils ne sont pas méchants. Qu'est-ce que vous voulez boire, les enfants ? Un bol de lait, du chocolat ou un jus d'orange ? Et j'ai justement une galette qui sort du four. Il faut en profiter !

— La maison est un peu sens dessus dessous cette semaine, dit le vieux. Nous allons avoir de la compagnie pour les fêtes, et ma femme passe son temps à la cuisine. Ça fait beaucoup de travail.

Claude regarde le fermier d'un air surpris. Comme ils n'ont pas d'enfants, les Guillou ne reçoivent jamais personne pour Noël. Quant aux touristes, ce n'est pas vraiment la saison.

— Vous attendez de nouveaux pension-naires ? questionne-t-elle, intriguée. Ce sont des gens qui sont déjà venus en été ? Est-ce que je les connais ?

— Je ne crois pas, répond le vieil homme. Deux jeunes gens nous ont écrit pour nous demander de les héberger pendant trois semaines. Ils nous ont proposé un très bon prix.

— Qui est-ce ?

— Des artistes peintres. Ils viennent de Londres ! déclare le vieux, très fier.

— Vous pensez qu'ils vont peindre pendant leur séjour ici ? demande François, d'autant plus intéressé qu'il adore dessiner. Je voudrais bien les rencontrer et bavarder avec eux. Je fais un peu d'aquarelle. Ils pourraient me donner quelques conseils.

— Bien sûr : vous pourrez venir quand vous vous voudrez, dit Mme Guillou.

Elle pose une grande jatte de chocolat fumant

sur la table. Puis elle apporte une galette dont la croûte brillante et dorée met l'eau à la bouche des enfants.

— Et maintenant, s'écrie-t-elle, à table !

Personne ne se fait prier.

— Ces deux peintres risquent de se sentir un peu seuls ici, en pleine campagne, en cette période, dit Claude en s'installant. Ils ont des amis dans les environs ?

— Je ne crois pas, reprend la fermière. Mais les artistes sont parfois des gens un peu origi-naux... Il y en a plusieurs qui sont venus ici ces dernières années. Apparemment, ils aiment rester seuls dans leur chambre ou se promener pendant des journées entières dans des endroits où il n'y a jamais personne. Je ne me fais aucun souci pour ces deux-là : ils seront sûrement très bien ici !

— Avec tous les petits plats que tu es en train de leur préparer, ça m'étonnerait qu'ils soient déçus ! s'exclame le vieux en riant.

Il se lève et repousse sa chaise.

— Allez, les enfants, reprend-il, je vous laisse. Il faut que j'aille voir mes moutons. Au revoir, et à bientôt, j'espère !

Juste après, la fermière se lève à son tour et se remet au travail, tout en bavardant avec les enfants.

Dagobert a profité du départ du fermier pour se faufiler par la porte ouverte et a rejoint ses amis. Il fait rapidement le tour de la table puis va s'étendre devant la cheminée où brûle un bon feu. Au moment où il s'apprête à s'endormir, il aperçoit un gros chat tigré. L'air très effrayé, le poil hérissé, l'animal tente de se glisser vers la porte de la cuisine sans se faire repérer par le gros Dago.

Dagobert se relève d'un bond et, en poussant un grand « ouah ! », il s'élance vers le chat. Celui-ci détale vers le couloir de la maison, poursuivi par Dago qui fait semblant de ne pas entendre les cris de Claude qui le rappelle à elle.

Les deux animaux se retrouvent dans une pièce tapissée de lambris où trône une vieille horloge, vers laquelle se précipite le chat affolé. Il l'escalade et se réfugie au sommet à l'instant même où Dagobert prend son élan pour le rejoindre. Mais dans sa hâte, le chien se jette dans l'angle que forment l'horloge et le lambris, et ses pattes de devant viennent heurter violemment l'un des panneaux de chêne. Une chose incroyable se produit alors : le panneau disparaît comme par enchantement, laissant place à un trou béant...

Claude qui accourt sur les traces de Dago

n'en croit pas ses yeux. Elle se précipite à la porte de la cuisine.

— Madame Guillou, crie-t-elle, je ne sais pas ce qui s'est passé ! Venez vite !

CHAPITRE 4

Une découverte passionnante

À l'appel de Claude, la fermière et les trois autres enfants arrivent en courant.

— Qu'est-ce qui se passe ? s'écrie François.

— C'est Dagobert qui s'est cogné contre le mur en voulant attraper le chat, explique Claude. Un des panneaux de chêne s'est alors mis à glisser et... Regardez... il y a un trou dans le mur maintenant !

Mick se rue vers l'ouverture.

— C'est une porte secrète ! s'exclame-t-il, enthousiaste.

Il se tourne vivement vers la fermière.

— Vous saviez qu'il y en avait une ?

— Oui, répond-elle. Mais vous savez, il y a tellement de choses bizarres dans cette maison. Quand je fais le ménage ici, je fais toujours très

49

attention en cirant les boiseries. Si l'on frotte trop fort un des coins de ce panneau, il cède.

— Je me demande à quoi il pouvait bien servir..., dit François.

Il jette un coup d'œil dans le trou, mais il est si étroit que le garçon réussit tout juste à y passer la tête, bouchant ainsi l'ouverture. Plongé dans l'obscurité, François ne peut rien distinguer. Alors, il ressort la tête et se place de côté pour ne pas empêcher la lumière du couloir d'éclairer le trou.

La cavité ne fait pas plus de trente centimètres de profondeur, on dirait qu'elle se prolonge à droite et à gauche de l'ouverture.

— Il nous faudrait une lampe de poche ! s'écrie Annie, incapable de contenir plus longtemps son impatience. Madame Guillou, vous n'en auriez pas une à nous prêter ?

— Je n'en ai pas, ma petite, répond la vieille dame. Mais si tu veux un bougeoir, il y en a un sur la cheminée de la cuisine.

Annie court chercher la bougie. François l'allume, puis la plonge dans le trou afin d'éclairer l'envers du lambris. Les enfants se bousculent derrière lui en essayant de regarder par-dessus son épaule.

— Ne me poussez pas comme ça ! s'exclame-t-il. Laissez-moi regarder. Ce sera à vous après !

Mais il a beau écarquiller les yeux, il ne découvre rien d'intéressant. Au bout de quelques instants, il s'écarte et laisse la place aux trois autres mais ils ne voient rien non plus. Les enfants se regardent, déçus.

— Mme Guillou a dit qu'il y avait plein de choses mystérieuses à la ferme de Kernach..., murmure Annie. Je me demande de quoi il s'agit.

— On peut toujours l'interroger, décide Claude.

Ils referment le panneau, puis rejoignent la vieille dame dans la cuisine.

— Madame Guillou, questionne François, vous pouvez nous dire ce qu'il y a d'autre de bizarre dans cette maison ?

— Le placard de l'une des chambres du haut a un double fond, répond-elle.

Les enfants écoutent, suspendus à ses lèvres.

— Mais vous savez, se dépêche-t-elle d'ajouter, il n'y a pas de quoi en faire un foin ! Et puis, ce n'est pas tout... Regardez, ici dans la cuisine, on peut pousser facilement cette grosse pierre que vous voyez, sur le côté de la cheminée. Derrière, il y a une espèce de petite niche. Il faut croire que, dans le temps, les gens avaient toujours besoin d'une bonne cachette à portée de main !

Les enfants se précipitent à l'endroit que vient de désigner la fermière. Au centre d'une pierre carrée un anneau de fer est encastré. François l'empoigne et voit la pierre basculer vers l'avant. Un trou apparaît, assez profond pour y placer un petit coffret. Mais le trou est vide.

— Et le placard dont vous parliez tout à l'heure, demande François. On peut y jeter un coup d'œil ?

— Bien sûr, dit la fermière. J'ai trop mal aux jambes pour vous accompagner là-haut mais vous pouvez y aller : quand vous serez sur le palier du premier étage, prenez le couloir de droite et ce sera la deuxième porte sur votre gauche. Vous verrez le placard juste en face de vous, la clef est sur la serrure. Vous n'aurez qu'à passer la main sur la planche du fond et vous sentirez une encoche dans le bois. Il faut appuyer dessus très fort... et le panneau tout entier disparaîtra dans l'épaisseur du mur !

Les enfants montent l'escalier quatre à quatre, Dago sur les talons. Ça, c'est une belle journée ! se disent-ils, oubliant dans leur enthousiasme que la matinée n'a pas très bien commencé à cause de l'arrivée de M. Rolland.

Ils trouvent très vite le placard et se mettent aussitôt à quatre pattes pour chercher la fameuse encoche.

— Ça y est, je l'ai ! s'écrie brusquement Annie. Et elle appuie de toutes ses forces dans le petit trou. Mais ses doigts sont trop faibles pour déclencher le mécanisme. François vient à son secours.

Un bruit sec fait sursauter les enfants et ils voient le panneau de chêne s'écarter, puis disparaître dans un long grincement, en démasquant un second placard. C'est une sorte de niche haute et étroite où un homme de taille moyenne pourrait tenir à l'aise.

— C'est génial comme cachette ! s'exclame François. Si quelqu'un se cachait ici, il pouvait être sûr que personne ne le trouverait !

— J'aimerais bien voir ce que ça fait, déclare Mick. Enfermez-moi là-dedans. Ça doit être amusant !

Sitôt dit, sitôt fait : dès que le garçon est à l'intérieur, son frère referme le panneau et, crac, Mick a disparu !

— Oh ! il fait un noir d'encre là-dedans ! crie le prisonnier au bout de quelques instants. Et je peux à peine bouger. Ouvrez-moi vite !

À tour de rôle, les enfants s'amusent à essayer la cachette, mais Annie doit bien avouer que ce jeu lui fait un peu peur.

Enfin, les Cinq redescendent dans la cuisine.

— Madame Guillou, dit François à la fermière, quelle chance vous avez d'habiter dans une maison où il y a tant de secrets ! J'aimerais bien être à votre place.

— On pourra revenir une autre fois pour jouer dans votre placard ? demande Claude. C'est passionnant.

— Malheureusement Claude, je crois que ça ne va pas être possible. C'est dans cette chambre que je compte installer mes deux pensionnaires.

— Quel dommage ! s'exclame François. Vous allez leur parler de ce double fond ?

— Pour quoi faire ? répond la fermière. Il n'y a que les enfants qui s'intéressent à ce genre de choses ! Moi, je n'y vois aucun mal, mais je suis sûre que mes deux artistes se moqueraient bien de ces histoires !

— Les grandes personnes sont vraiment étranges, murmure Annie, stupéfaite. Moi, je suis certaine que, même si j'avais cent ans, j'adorerais toujours entendre parler de portes dérobées et de placards à double fond !

— Moi aussi, approuve Mick. Il hésite un instant puis, s'adressant à la fermière, il demande :

— Est-ce que je peux retourner voir le panneau du vestibule ?

— Mais bien sûr ! Tiens, prends la bougie.

Mick ne sait pas trop pourquoi il a envie de revoir la cachette. Les autres ne cherchent même pas à le suivre, déjà persuadés qu'il n'y a rien à découvrir derrière la boiserie.

Mick saisit le bougeoir et retourne dans le couloir. Là, il fait pivoter le panneau mobile. Puis il engage la bougie à l'intérieur de la cavité et recommence à examiner minutieusement le mur et la boiserie, sans plus de résultat que la première fois. Il se décide ensuite à passer le bras dans le trou. Au bout d'un moment, alors qu'il s'apprête à renoncer, ses doigts sentent un creux dans la pierre. Le petit trou est peu profond, lisse et arrondi.

« Tiens, tiens », se dit Mick. Le garçon se met à tâter le contour du creux. Tout à coup, son index bute contre une sorte de cheville incrustée dans la pierre.

Avec précaution, Mick tourne la main de façon à empoigner l'objet, puis il tire de toutes ses forces. Brusquement, quelque chose cède, et le garçon est tellement surpris qu'il n'a pas le temps de retenir la pierre où est plantée la cheville. Elle glisse entre le mur et le lambris et, raclant dans sa chute l'envers de la boiserie, s'écrase dans un fracas épouvantable !

Les trois autres enfants accourent.

— Mick, qu'est-ce qu'il se passe ? s'écrie François. Tu as cassé quelque chose ?

— Pas du tout ! fait Mick, rougissant d'excitation. Mais en passant le bras derrière la cloison, j'ai trouvé une espèce de cheville enfoncée dans le mur. Alors, j'ai tiré... tout est venu, et une grosse pierre est tombée avec vacarme.

— Oh ! laisse-moi voir, dit François, essayant d'écarter son frère pour regarder par l'ouverture du panneau.

Mick le repousse.

— Ah non ! C'est ma découverte ! Je veux d'abord savoir s'il n'y a rien d'intéressant dans le trou à la place de la grosse pierre.

Les enfants bouillonnent d'impatience, et François a toutes les peines du monde à s'empêcher de bousculer son frère qui replonge le bras dans l'ouverture du panneau.

Mick passe la main à l'intérieur de la cavité. Soudain, ses doigts rencontrent quelque chose... On dirait une boîte ou un livre.

Le garçon sort l'objet de sa niche en faisant très attention de ne pas le cogner ni de le faire tomber derrière la cloison.

Enfin, il dégage son bras et l'objet apparaît en pleine lumière.

— C'est un vieux livre ! s'exclame Mick.

— Ouvre-le vite ! crie Annie qui ne tient plus en place.

Mick commence à tourner les pages avec précaution. Elles sont si sèches et si fragiles que certaines tombent en poussière. Annie s'efforce pourtant de déchiffrer les phrases écrites à la main sur les feuilles. L'encre est brunâtre, pâlie par le temps, et les mots à demi effacés.

— On dirait des recettes de cuisine, annonce-t-elle au bout d'un instant. Il faut montrer ça à Mme Guillou !

Les enfants portent leur trouvaille à la fermière qui se met à rire en voyant leur air triomphant. Elle s'empare du livre, et le feuillette sans s'émouvoir.

— Vous avez raison, dit-elle. C'est bien un livre de recettes, mais certainement pas pour faire de la cuisine. Ce sont des remèdes contre les maladies. Regardez le nom qui est inscrit sur la première page : Maryvonne Lovédec... C'était mon arrière-grand-mère. Elle était très connue dans le coin pour ses remèdes. Il paraît qu'elle était capable de guérir toutes les maladies, aussi bien chez les animaux que chez les humains.

— Quel dommage que son écriture soit si difficile à lire ! murmure François. D'ailleurs, le livre est en très mauvais état, et on l'abîme rien qu'à le toucher. Il doit être vieux.

— Mick, tu es sûr qu'il n'y a rien d'autre dans la cachette ? demande soudain Annie.

— J'ai pris tout ce qu'il y avait, répond le garçon. Tu sais, le trou n'était pas très profond : il n'y avait que quelques centimètres de marge entre la pierre que j'ai fait tomber et le mur.

— Attends, je vais vérifier, décide François. Mon bras est plus long que le tien.

Les enfants retournent dans le couloir et François se met à explorer l'intérieur du lambris. Il trouve très vite la niche dans laquelle son frère a pris le livre. Mick s'est trompé : il reste quelque chose dans la cachette ! Un objet indéfinissable au toucher, souple et plat, doux comme du cuir. François s'en empare, le cœur battant, redoutant qu'il ne s'effrite entre ses doigts.

— J'ai quelque chose..., dit-il, en retenant son souffle. Regardez !

Et il brandit sa découverte sous les yeux de ses compagnons.

— On dirait un peu la tabatière de Grand-Père, déclare Annie. C'est la même forme. Vous croyez qu'il y a quelque chose à l'intérieur...

La fillette a raison : c'est bien une tabatière en cuir très souple. Elle a apparemment beaucoup servi. François l'ouvre délicatement. Il reste encore quelques gros brins de tabac noir, mais ce n'est pas tout ! Au fond, se trouve un

rouleau de toile ficelé par un cordon. François se dépêche de le dérouler devant lui. Les quatre enfants ouvrent de grands yeux. Toute une série de signes et de caractères étranges est tracée sur le carré de tissu. L'encre noire a à peine pâli.

— Ça ne ressemble pas à une carte, dit François. Je crois que c'est plutôt une sorte de code. Il faudrait réussir à le déchiffrer... Je suis sûr qu'il y a un mystère !

Plus les enfants regardent le vieux grimoire, plus ils sont intrigués. Ils courent montrer leur nouvelle trouvaille à la fermière. Celle-ci est plongée dans la lecture du vieux livre de recettes médicinales, et, en entendant entrer les enfants, elle tourne vers eux un visage rayonnant.

— Ce livre est un véritable trésor ! dit-elle. J'ai un peu de mal à comprendre l'écriture, mais j'arrive quand même à m'y retrouver.

Elle montre la page qu'elle est en train d'étudier.

— Regardez, continue-t-elle, il y a justement un remède contre le mal de dos. Je vais l'essayer tout de suite ! Vous voulez connaître la recette ?

Mais les enfants se moquent bien de savoir comment soigner le mal de dos et ils mettent leur grimoire sous les yeux de la fermière.

— Regardez plutôt, madame Guillou. Nous avons découvert ça derrière le lambris. C'était caché dans une tabatière ! Vous savez ce que c'est ?

La fermière examine le vieux morceau de toile avec attention. Au bout d'un long moment, elle secoue la tête.

— Non, dit-elle. Je n'y comprends rien.

Puis elle prend la pochette de cuir que lui tend Annie et s'étonne :

— Vous avez raison, c'est bien une tabatière. Je suis sûre qu'elle plaira à mon mari. La sienne est si vieille qu'elle est presque inutilisable.

— Est-ce que vous voulez garder le morceau de toile que nous avons trouvé ? demande François anxieusement.

Il a très envie de conserver ce qu'il vient de trouver pour l'examiner et percer son mystère.

— Mais non, répond la fermière en souriant. Si ça te fait plaisir, garde-le. Comme ça, tout le monde aura sa part : les recettes pour moi, la tabatière pour mon mari, et ce vieux bout de tissu pour vous. Mais je me demande ce que vous lui trouvez, à ce morceau de toile.

Au même moment, la porte de la cuisine s'ouvre, et le fermier entre.

— Tiens, s'écrie sa femme, j'ai quelque chose pour toi !

Elle lui tend la tabatière.

— Les enfants viennent de dénicher ça derrière le panneau mobile du couloir.

Étonné, le vieil homme s'empare de l'objet et le palpe.

— Je me demande ce qu'elle faisait là, murmure-t-il. En tout cas, elle a l'air en bien meilleur état que la mienne.

Puis, se retournant vers les enfants, il leur dit :

— Je ne voudrais pas vous chasser, mais il va être midi et si vous ne voulez pas être en retard pour le déjeuner, il vaudrait mieux rentrer chez vous tout de suite !

— C'est vrai ! s'exclame Claude. Je n'ai pas surveillé l'heure ! Excusez-nous, madame Guillou, et merci pour la galette !

— Et pour le chocolat ! ajoutent Annie et Mick en chœur.

— Nous reviendrons vous voir quand nous aurons réussi à déchiffrer ce qui est écrit sur le morceau de toile, promet François.

— Vite, dépêchons-nous ! crie Claude. Dago, en route ! Nous allons être en retard !

Les cinq amis partent en courant.

Entre deux souffles, les enfants ne peuvent s'empêcher d'échanger leurs impressions en chemin.

— Il faut absolument trouver un moyen de déchiffrer le code, fait François.

— Vous pensez qu'il faut en parler à la maison ? demande Mick.

— Ah non ! s'exclame Claude. C'est un secret !

— Je suis d'accord, approuve François.

Et il continue avec un sourire en coin :

— Si Annie essaie de vendre la mèche, il n'y aura qu'à lui envoyer un bon coup de pied sous la table, comme l'été dernier !

La pauvre Annie a toutes les peines du monde à garder un secret et elle ne compte plus les avertissements que ses frères lui lancent, parfois sans ménagement.

— Je ne dirai rien ! proteste-t-elle avec indignation. Et vous n'avez pas intérêt à me donner des coups de pied. Après, je fais toujours la grimace et les adultes me demandent ce que j'ai !

— On se mettra au travail juste après le déjeuner, poursuit François. En réfléchissant un peu, nous devrions trouver la clef du mystère !

Ils arrivent aux *Mouettes*, haletants, et s'engouffrent dans le couloir.

— Bonjour, maman ! crie Claude. J'espère qu'on n'est pas trop en retard. Ah ! si tu savais ! On a passé une matinée géniale à la ferme !

CHAPITRE 5

Une promenade désagréable

Après le déjeuner, les enfants se réunissent dans la chambre des garçons. François sort de sa poche le mystérieux carré de tissu et l'étale sur la table.

Les enfants examinent les caractères tracés avec maladresse qui composent plusieurs mots disposés de manière étrange sur la toile. Ils distinguent aussi une rose des vents, et, juste à côté, la lettre E, pour désigner l'est, sans doute. Au centre du grimoire, s'étale un dessin grossier avec un rectangle divisé en huit carrés. L'un de ceux-ci est marqué d'une croix...

— Je crois que c'est du latin, dit enfin François,. Mais je n'arrive pas à lire. Et puis de toute façon, je ne comprendrais sûrement rien. Il faudrait demander à quelqu'un de calé en latin de nous aider.

— Pourquoi pas oncle Henri ? s'écrie Annie.

— C'est vrai, répond Claude.

Mais les enfants n'ont aucune envie de faire appel à M. Dorsel, de peur qu'il ne garde le précieux document pour mieux l'examiner. Il serait bien capable de le perdre ou de le jeter au feu sans faire attention ! Les scientifiques sont parfois tellement tête en l'air...

— On pourrait demander à M. Rolland ? suggère Mick. Il est professeur, il est donc certainement bon en latin !

— Probablement, mais je crois que, pour l'instant, il vaut mieux ne pas lui en parler, répond François. C'est vrai qu'il a l'air très gentil au premier abord, mais on ne sait jamais... Et pourtant, je donnerais tout pour réussir à déchiffrer ce grimoire !

— On dirait que les deux mots du haut sont plus faciles à lire que les autres, murmure Mick qui, penché sur le carré de toile, essaie d'épeler les caractères.

— Ça fait « VI... A OCCUL... TA... »

— *Via occulta* ? répète Annie. Qu'est-ce que ça veut dire ?

François réfléchit.

— La voie secrète, ou le chemin secret, je crois.

— Le chemin secret ! C'est génial ! s'exclame Annie, enthousiaste. Oh ! j'espère que c'est bien ça ! À ton avis, François, c'est quel genre de chemin ?

— Comment veux-tu que je le sache ? D'ailleurs, je ne suis même pas sûr que ce soit ça.

— Oui, mais si tu as deviné juste, répond Mick vivement, le reste de l'inscription et le dessin indiquent certainement comment trouver un chemin ou un passage secret...

Il examine de nouveau le grimoire et, découragé, le pousse vers son frère.

— Oh ! zut ! s'exclame-t-il. Ça m'énerve de ne pas pouvoir lire les autres mots. Essaie encore, François. Tu as quand même fait un peu plus de latin que moi.

François reprend le morceau de toile et l'étudie à son tour.

— J'ai du mal à déchiffrer les caractères, dit-il au bout d'un instant.

Et il conclut avec un soupir :

— Non, ce n'est pas la peine : je n'y comprends rien.

Tout à coup, des pas retentissent sur le palier. La porte de la chambre s'ouvre et M. Rolland apparaît sur le seuil.

— Eh bien, dit-il, je me demandais où vous étiez. Vous avez envie de venir faire un tour avec moi sur la falaise ?

— Avec plaisir, monsieur, répond François en repliant le carré de toile qu'il tient dans la main.

— Qu'est-ce que c'est ? questionne le professeur.

— C'est..., commence Annie, mais les trois enfants se mettent à parler tous ensemble, de peur que la fillette ne trahisse leur secret.

— Oui, c'est vraiment un temps idéal pour se promener, enchaîne François.

— Vite, les filles, allez chercher vos manteaux ! s'écrie Mick.

— Dago, on part ! dit Claude.

À l'appel de la fillette, le chien sort de sous le lit de François où il s'était endormi. D'abord étonnée, la pauvre Annie devient rouge comme une pivoine en devinant pourquoi on l'a empêchée de parler.

— Ce que tu peux être bête, toi ! chuchote Mick en se tournant vers sa sœur.

Heureusement, M. Rolland ne répète pas sa question. Il n'a pas l'air de vraiment s'intéresser au bout de chiffon qu'il a aperçu entre les mains de François. Debout sur le pas de la porte, il regarde Dago.

— Vous comptez emmener votre chien ? dit-il.

Claude lui lance un regard indigné.

— Bien sûr, dit-elle. On ne sort jamais sans lui !

Le professeur tourne les talons et descend l'escalier, pendant que les enfants terminent de se préparer.

— Idiote, tu as failli vendre la mèche tout à l'heure, dit François à sa sœur.

— Je n'ai pas fait exprès, commence la fillette, confuse. Mais, relevant la tête, elle continue :

— Et puis d'abord tu m'ennuies. M. Rolland est très gentil ! Moi, je trouve que nous devrions lui demander de nous aider à déchiffrer ces drôles de mots, et...

— Ça, ça me regarde ! tranche François, d'un ton irrité. Et, la prochaine fois, essaie de te taire !

On se met en route. Énervée que M. Rolland ait songé à laisser Dago à la maison, Claude garde le silence. Apparemment, il semble que le professeur se soit inquiété pour rien de la présence du chien pendant la promenade : Dago trotte devant les enfants, puis revient vers eux, mais il ne s'approche jamais de M. Rolland. C'est comme s'il avait décidé de garder ses distances avec lui. Il paraît même l'ignorer complètement et ne tourne jamais la tête dans sa direction.

— C'est quand même étrange ! dit Mick. C'est la première fois que je vois Dago se comporter ainsi. Lui qui est tellement amical, même avec les gens qu'il ne connaît pas.

— Il va bien falloir que j'essaie de me faire aimer de ce chien, puisque nous allons vivre dans la même maison.

Le professeur fouille dans sa poche.

— Dago, s'écrie-t-il, viens ici ! J'ai un biscuit pour toi !

En entendant le mot « biscuit », Dagobert dresse l'oreille, mais, n'accorde pas le moindre regard à M. Rolland et vient se réfugier auprès de Claude, la queue basse.

— Quand quelqu'un ne lui plaît pas, rien ne peut l'amadouer, même pas une friandise..., dit Claude.

Abandonnant la partie, le professeur remet le biscuit dans sa poche.

— Sacrée bête ! grommelle-t-il. Ces chiens sans race ont tous une allure bizarre. Moi, j'aime qu'un animal soit de bonne lignée.

Claude manque de s'étrangler.

— Dago n'a rien de bizarre ! s'écrie-t-elle, tremblant de colère. En tout cas, il l'est sûrement moins que vous ! Et ça m'est bien égal qu'il n'ait pas de race : je ne connais pas de meilleur chien que lui !

— Je te trouve bien insolente, Claudine ! dit M. Rolland d'un ton sec. Je te préviens, je n'ai pas l'habitude de tolérer ce genre d'attitude chez mes élèves !

Plus furieuse encore de s'entendre appeler par ce prénom qu'elle déteste, Claude se laisse distancer par ses compagnons sans mot dire et suit le groupe de loin, le visage fermé. Les trois autres enfants, qui savent combien leur cousine peut être têtue, échangent des regards préoccupés. Tout s'est tellement bien passé l'été précédent que, depuis, Claude est devenue très douce. Pourvu qu'elle ne recommence pas à bouder : cela risquerait de gâcher complètement les vacances.

Cependant M. Rolland poursuit son chemin en bavardant comme si de rien n'était. Ce qu'il raconte est tellement drôle que les trois enfants ne tardent pas à se dérider.

François, lui, ne peut s'empêcher de penser à Claude, sachant combien elle doit être triste de se sentir à l'écart. Elle est particulièrement sensible à ce genre de choses. Il suffirait peut-être d'intercéder en sa faveur auprès de M. Rolland... Il s'adresse alors au professeur :

— Monsieur, est-ce que vous pourriez éviter d'appeler ma cousine Claudine. Je sais bien que c'est son vrai nom, mais elle déteste quand on l'appelle comme ça... Elle n'aime pas non plus que l'on dise trop de mal de Dagobert...

M. Rolland paraît surpris.

— François, réplique-t-il, je suis sûr que ton intention est très bonne...

Il marque un temps d'arrêt, et reprend d'une voix plus sèche.

— Mais sache que je n'ai pas besoin de tes conseils au sujet de mes élèves. Je traiterai ta cousine comme je l'entends.. Je tiens à ce que nous soyons tous bons amis, faites-moi confiance..., mais il faudra que Claudine se décide à être aussi raisonnable que vous.

Décontenancé, François se sent rougir jusqu'aux oreilles. Il jette un coup d'œil à son frère et, au coup de coude discret de ce dernier, il comprend que Mick partage ses sentiments. Les deux garçons savent très bien combien Claude peut être bornée... Mais tout de même, M. Rolland devrait faire un effort pour la comprendre...

Mick ralentit le pas, puis s'arrête pour attendre Claude, laissant François et Annie marcher devant avec le professeur. Bientôt, la fillette le rejoint, escortée de Dagobert.

— C'est pas la peine de t'occuper de moi, profère-t-elle durement. Tu n'as qu'à aller tenir compagnie à ce cher M. Rolland, puisque c'est ton ami !

— Tu dis des bêtises, Claude. Tu sais bien que ce n'est pas vrai.

— Tu oses prétendre le contraire ? s'écrie-t-elle.

Dans ses yeux, on lit de la colère.

— Tu crois que je ne vous ai pas entendus tout à l'heure rire et vous amuser ensemble ?

Brusquement, sa voix s'altère et elle poursuit d'un ton triste.

— Va rejoindre les autres, laisse-moi tranquille... je suis avec Dagobert !

— Ne te fâche pas, reprend Mick. Nous sommes en vacances et puis, c'est Noël, nous n'allons tout de même pas nous disputer !

— Tu peux me raconter ce que tu veux, je n'apprécierai jamais les gens qui n'aiment pas Dagobert !

— Mais enfin, objecte Mick, soucieux de faire la paix, M. Rolland ne le déteste pas tant que ça : il lui a offert un biscuit.

Claude ne répond pas. Voyant qu'elle n'est toujours pas calmée, Mick revient à la charge.

— Tu pourrais essayer d'être un peu gentille, au moins pour Noël, insiste-t-il.

Puis il ajoute en prenant la main de sa cousine :

— Viens avec moi rejoindre les autres.

— D'accord, dit-elle, soudain résignée. Je vais essayer.

Les deux enfants allongent le pas et rattrapent leurs compagnons. Le professeur devine que Mick s'est chargé de raisonner la fillette, et il l'accepte dans le groupe. De son côté, Claude s'efforce de ne pas avoir l'air trop grognon. Entraînée dans la conversation, elle répond d'un ton poli, sans toutefois rire aux éclats aux histoires drôles que raconte M. Rolland. Les promeneurs s'arrêtent.

— Tiens, s'étonne-t-il, ce n'est pas la ferme de Kernach qu'on voit là-bas ?

— Oui, monsieur, répond François en lui lançant un coup d'œil surpris. Vous y êtes déjà allé ?

— Non, dit M. Rolland. Mais j'en ai entendu parler et je me demandais si c'était bien elle.

— On y est allés ce matin, ajoute Annie. C'était génial.

Elle s'interrompt pour regarder ses frères. Est-ce qu'ils seront fâchés si elle commence à raconter ce qui s'est passé à la ferme ?

François hésite. Après tout, se dit-il, il n'y a pas de mal à parler du placard à double fond et de la cachette de la cuisine. Mme Guillou en a sans doute déjà parlé à tout le monde. De même pour le panneau mobile du couloir et le vieux livre de recettes. Reste le morceau de toile et ses signes mystérieux : pour François, c'est là le véritable secret... Les enfants se mettent donc à décrire ce qu'ils ont vu, mais n'abordent pas la question du chiffon.

M. Rolland écoute le récit avec beaucoup d'intérêt.

— Tout cela est très curieux, conclut-il. Et il n'y a que deux personnes qui vivent dans cette grande maison ?

— En fait, M. et Mme Guillou prennent de temps en temps des pensionnaires, explique Mick. Ils en attendent justement deux pour Noël. Des artistes, à ce qu'il paraît. François a l'intention d'aller les voir un de ces jours. Il dessine très bien, vous savez.

— Vraiment ? Il faudra me montrer tes dessins. Je pourrai te donner quelques conseils. Mais à mon avis, ce n'est pas la peine d'aller les voir. Les artistes n'aiment pas qu'on les dérange.

Bien loin de décourager François, les paroles de M. Rolland ne font que l'inciter encore plus à aller rencontrer les deux peintres.

Même si Claude parle peu, et si Dagobert garde ses distances, la promenade n'est finalement pas si désagréable. En passant à côté d'une mare gelée, Mick s'amuse à lancer un bâton sur la glace. Dago se précipite pour le rapporter, et les enfants s'amusent beaucoup à le voir glisser des quatre pattes sur la surface luisante. Ils commencent tous à jouer avec le chien. Les morceaux de bois pleuvent sur la mare et Dago court de l'un à l'autre pour n'en oublier aucun. Mais il ne rapporte jamais les bâtons que M. Rolland lui jette. Il se contente de les flairer rapidement, puis les abandonne avec dédain, comme pour dire :

« Ah ! non merci. *Vos* bâtons, je n'en veux pas ! »

— Allez, les enfants, c'est l'heure de rentrer, dit enfin le professeur. Nous serons à la maison juste à temps pour le goûter !

Premières leçons

Lorsque les enfants se réveillent le lendemain matin, ils font la grimace à l'idée qu'ils vont assister à leur première leçon.

« Dire qu'on est en vacances, et qu'il va falloir travailler !... pensent-ils. Bah ! on verra bien, et puis, M. Rolland n'est pas aussi ennuyeux que ça ! »

La veille, en se couchant, Mick et François ont longuement parlé de la trouvaille qu'ils ont faite à la ferme de Kernach. *Le passage secret...* Qu'est-ce que ça peut bien être ? Et tous ces autres signes impossibles à déchiffrer, est-ce qu'ils indiquent vraiment l'emplacement du passage secret ? Et si ce dernier existe bien, où est-ce qu'il se trouve, et à quoi sert-il ? Rien n'est plus agaçant que de se poser autant de questions sans pouvoir y répondre !

« Je crois que nous allons être obligés de demander conseil à quelqu'un », se dit François.

L'énigme l'a hanté toute la nuit et au réveil, il n'a pas la moindre envie de passer la matinée à travailler... À moins que M. Rolland n'ait prévu un cours en latin ! François se reprend à espérer : dans ce cas, il en profitera pour vérifier la signification des deux mots qu'il a cru comprendre : *via occulta*...

Avant leur arrivée, M. Rolland a pris soin d'examiner les bulletins des enfants. À l'évidence, ses futurs élèves ont de graves lacunes en mathématiques, en latin et en anglais. Ce matin, Annie, qui est pourtant dispensée de cours, accompagne ses frères et sa cousine.

M. Rolland lui annonce :

— Si tu ne veux pas rester toute seule, je te permets d'assister à mes leçons. Tu peux dessiner ou faire un peu de peinture.

Il regarde Annie en souriant. « Cette petite fille est décidément bien gentille, songe-t-il, ce qui est loin d'être le cas de sa cousine, tellement entêtée et tellement boudeuse. »

Puis, se tournant vers ses élèves, il leur dit :

— Nous nous mettrons au travail à neuf heures et demie, dans le salon. Surtout, ne soyez pas en retard.

À neuf heures et demie précises, les enfants s'installent autour de la table ronde du salon. Sous le regard envieux de ses compagnons, Annie pose devant elle sa boîte de peinture ainsi qu'un gobelet plein d'eau.

— Où est Dagobert ? demande Mick à voix basse.

— Sous la table, réplique Claude sur un ton de défi. Je suis sûre qu'il ne bougera pas. Mais ne dites rien, sinon j'aurai des problèmes. En tout cas, si Dago ne reste pas ici, ce ne sera pas la peine d'essayer de me faire faire quoi que ce soit !

— Je ne vois pas pourquoi il ne resterait pas avec nous, dit François. Il est très sage. Chut, voici M. Rolland.

Le professeur entre. Sa barbe noire lui mange tout le bas du visage. Dans la lumière blafarde du soleil d'hiver, ses yeux perçants brillent d'un éclat glacé, comme s'ils avaient perdu leur couleur.

— Asseyez-vous, dit-il aux enfants. Je vais d'abord regarder vos cahiers pour voir où vous en êtes. François, montre-moi le tien.

Peu de temps après chacun travaille en silence. Déjà, Annie commence à peindre des coquelicots d'un rouge éclatant. M. Rolland complimente la fillette et celle-ci en est très fière.

« Moi, je le trouve très gentil ! » se dit-elle.

Tout à coup, on entend un grand soupir. C'est Dago qui s'impatiente sous la table. Le professeur lève les yeux, surpris, tandis que Claude s'empresse de soupirer à son tour, espérant faire croire à M. Rolland que c'est elle qui a soupiré juste avant.

— Tu as l'air fatiguée, Claudine..., dit M. Rolland. Allez, un peu de patience : vous aurez tous une petite récréation à onze heures.

Claude fronce les sourcils, irritée par son insistance à l'appeler Claudine. Elle allonge un pied et le pose discrètement sur le dos de Dagobert afin de l'encourager à se tenir tranquille. Au bout d'un moment, elle sent le chien lui lécher doucement la cheville. Il a compris.

Le calme est revenu dans la petite classe. On entendrait presque une mouche voler. Soudain, Dagobert se lève et commence à se gratter. Les enfants font tout de suite semblant de s'agiter pour masquer le bruit que fait le chien. Claude se met à racler ses pieds sur le parquet. François feint une quinte de toux, et laisse tomber son livre par terre. Mick, qui se penche pour le ramasser, manque perdre l'équilibre et fait grincer sa chaise très fort.

— Monsieur, dit-il aussitôt, je n'arrive pas à comprendre le problème que vous m'avez

donné. Il est trop difficile et j'ai beau me creuser la tête, je...

— Mais enfin, que signifie tout ce vacarme ? s'exclame M. Rolland, stupéfait. Claudine, tu veux bien te tenir tranquille ?

Dago s'est recouché. Les enfants poussent un soupir de soulagement et se remettent au travail.

— Mick, apporte-moi ton problème, ordonne le professeur au bout d'un moment.

Le jeune garçon obéit. Le maître prend le cahier et, s'adossant à sa chaise, allonge brusquement les jambes sous la table. À sa grande surprise, elles butent contre une masse tiède qui tressaille sous le choc, et M. Rolland ressent aussitôt un pincement vif à la cheville. Il ne peut retenir un cri de douleur et ramène vivement ses pieds sous la chaise. Il se penche et aperçoit Dago sous la table.

— C'est ce maudit animal ! dit-il avec mépris. Ta sale bête vient de me mordre et a déchiré le bas de mon pantalon. Claudine, fais-le sortir immédiatement.

La fillette fait semblant de n'avoir pas entendu.

— Monsieur, elle ne répond jamais quand on l'appelle Claudine..., murmure François.

— C'est ce que nous allons voir ! réplique

M. Rolland, d'une voix tremblante de colère. En tout cas, je ne tolérerai pas la présence de ce chien une minute de plus, et si Claudine ne s'en débarrasse pas immédiatement, j'irai prévenir M. Dorsel.

Claude le regarde. Elle sait parfaitement que, si elle ne cède pas, son père l'obligera à tenir Dagobert attaché près de la niche dans le jardin. Elle n'a plus le choix : elle sait qu'elle doit obéir. Elle se lève, les joues cramoisies, et les sourcils froncés.

— Viens, Dago ! lance-t-elle. Tu as bien fait de le mordre, va. À ta place, j'en aurais fait autant !

— Assez d'insolences ! s'écrie M. Rolland, vert de rage.

Les trois autres enfants regardent leur cousine, médusés. Comment ose-t-elle dire des choses pareilles ? Quand elle est en colère, rien ne peut l'arrêter...

— Et surtout, Claudine, dépêche-toi ! ajoute le professeur.

Claude sort sans dire un mot. Quelques minutes plus tard, elle est de retour, Elle ne veut pas que Dagobert subisse les conséquences de son mauvais caractère et elle se résigne donc à se calmer, seulement pour le bien de Dago. Mais elle déteste M. Rolland de tout son cœur.

Même s'ils se sentent désolés pour Claude et Dago, les trois autres enfants ne partagent pas la haine de leur cousine pour ce professeur qui rit si souvent avec eux. Il corrige leurs erreurs patiemment et promet de leur apprendre quelques tours de magie. Les garçons se réjouissent à l'idée de montrer leurs nouveaux talents à leurs copains d'internat dès la rentrée.

Lorsque les enfants ont achevé leur travail, ils font une courte promenade sur la lande, illuminée par le soleil d'hiver. Dagobert sautille aux côtés de ses amis.

— Mon pauvre Dago ! se désespère Claude en le regardant. Quand je pense qu'on t'a mis à la porte ! Mais qu'est-ce qui t'a pris de donner un coup de croc à M. Rolland ? Ce n'était pas une mauvaise idée... mais quand même !

— Écoute, Claude, l'interrompt François, il vaut mieux ne pas essayer de jouer au plus fin avec M. Rolland. Tu n'auras pas le dernier mot. Mais je crois qu'il n'est pas méchant et que tout ira bien si nous savons le prendre du bon côté.

— Prends-le du côté que tu voudras, ça m'est égal ! En ce qui me concerne, mon opinion est faite et quand je n'aime pas quelqu'un, c'est pour de bon !

— Mais enfin, intervient Mick, pourquoi est-ce que tu détestes M. Rolland à ce point ? C'est seulement à cause de Dago ?

— Oui, c'est en grande partie à cause de Dago. Mais c'est surtout parce qu'il me donne la chair de poule, répond Claude. Il a l'air méchant. Sa bouche est tordue...

— Quelle idée ! On ne la voit même pas : elle est cachée par sa moustache et sa barbe.

— Eh bien, moi je l'ai vue ! poursuit Claude avec entêtement. Il a des lèvres minces et cruelles. J'ai horreur de ça : c'est toujours un signe de méchanceté ! Et ses yeux ! Vous n'avez pas remarqué ses yeux ? Vous pouvez toujours essayer de devenir ses chouchous, je m'en moque pas mal !

François se met à rire.

— N'exagère pas ! Mais je crois seulement qu'il vaut mieux que nous soyons raisonnables. Tu sais bien que j'ai raison.

Claude ne répond pas : rien ne pourrait la faire changer d'avis. En rentrant à la maison, une bonne surprise les attend : Mme Dorsel a décidé d'emmener les enfants en ville après le déjeuner, mais sans M. Rolland ! Celui-ci doit assister à une expérience scientifique que veut lui montrer M. Dorsel.

— Vous pourrez regarder les vitrines et faire

tous vos achats, dit tante Cécile. Ensuite nous irons goûter à la pâtisserie et nous rentrerons par le car de six heures.

L'après-midi se passe merveilleusement bien. La petite ville semble en fête avec ses rues animées et ses boutiques pimpantes décorées de branches de sapin ou de houx. Dans les vitrines, s'étalent des friandises enrubannées, des bibelots ou des jouets recouverts d'une poussière brillante qui imite le givre. Partout, des étoiles égayent les guirlandes colorées. Les enfants ont emporté toutes leurs économies, et ils s'enthousiasment à l'idée de choisir des cadeaux. Il ne faut oublier personne !

— Et M. Rolland ? dit soudain François. Il faudrait tout de même lui offrir quelque chose, non ?

— Bien sûr, répond Annie. Moi, je vais lui acheter un petit carnet d'adresses.

— Un cadeau pour M. Rolland ! s'exclame Claude, scandalisée. Il ne manquerait plus que ça...

Mme Dorsel regarde sa fille avec surprise.

— Et pourquoi pas ? dit-elle. J'espère que tu ne vas pas le prendre en grippe. Sois raisonnable : je n'ai pas envie que M. Rolland aille se plaindre de toi à ton père.

— Claude, qu'est-ce que tu vas acheter pour

Dago ? lance François, pressé de changer de sujet.

— Un bel os. Le plus gros que je trouverai chez le boucher. Et toi, tu comptes lui offrir quelque chose ?

Annie s'est penchée vers le chien qui se met à remuer la queue en la regardant de ses yeux doux.

— Brave Dago ! dit-elle, prenant à pleines mains les longs poils qui couvrent le cou de l'animal. Si tu avais de l'argent, je suis sûre que tu nous offrirais à tous un cadeau. Il n'y a pas de meilleur chien que toi !

Le visage de Claude s'éclaire. Il n'en faut pas davantage pour que le vilain nuage qui menaçait de gâcher l'après-midi disparaisse. Elle est maintenant toute prête à pardonner à sa cousine son intention d'offrir un cadeau à M. Rolland.

Le goûter est délicieux et le retour très joyeux.

Dès qu'ils arrivent aux *Mouettes*, les enfants se dépêchent de monter dans leur chambre pour y déposer leurs paquets. Quand ils redescendent, Mme Dorsel sort du bureau de son mari.

— Ça faisait longtemps que je n'avais pas vu votre oncle aussi content, dit-elle à ses neveux. Il a passé tout l'après-midi à répéter certaines de ses expériences devant votre professeur. Il est ravi.

M. Rolland passe la soirée à jouer avec ses élèves. Une fois encore, il tente d'amadouer Dagobert, mais celui-ci reste insensible à ses avances.

— Rien à faire décidément, conclut M. Rolland.

Et, se tournant vers Claude qui a observé la scène d'un œil satisfait, il ajoute avec malice :

— Je crois que cet animal est aussi têtu que sa jeune maîtresse.

Le ton est enjoué ; cependant, pour toute réponse, Claude se contente de lancer au professeur un regard sombre. Un peu plus tard ce soir-là, comme les garçons s'apprêtent à se mettre au lit, François dit à son frère :

— Si nous demandions demain à M. Rolland ce que veut dire *via occulta* ? Je voudrais être sûr que je ne me suis pas trompé...

Il hésite un instant, puis ajoute :

— Dis-moi, Mick, qu'est-ce que tu penses de lui ?

— En fait, je ne sais pas trop. C'est drôle, par moments, je le trouve très gentil, et puis, tout d'un coup, rien ne va plus et je le déteste...

Claude a raison à propos de ses yeux : moi non plus, ils ne m'inspirent rien de bon.

— Je ne pense pas qu'il soit méchant, reprend François. Je crois surtout qu'il ne veut pas se laisser marcher sur les pieds. Mais ça ne nous empêche pas de lui montrer ce que nous avons trouvé pour qu'il nous aide à déchiffrer les mots latins.

— Tu avais pourtant dit que c'était un secret, objecte Mick.

— Je sais mais à quoi ça va nous servir de le garder pour nous si nous ne trouvons pas la clef de l'énigme ? Écoute, on peut lui demander simplement de nous expliquer les mots, sans lui montrer le morceau de toile.

— Ça ne nous aidera pas beaucoup, puisque nous n'avons déchiffré que *via occulta*. Il faudrait montrer le tissu à M. Rolland, lui dire aussi où nous l'avons trouvé.

— Bon, on verra ça demain, décide François en sautant dans le lit.

Le lendemain matin, à neuf heures et demie, Claude rejoint ses cousins dans le salon, sans Dagobert. Elle enrage, mais elle n'a aucun moyen de s'opposer à la décision du professeur d'interdire au chien l'accès du salon.

Pendant la leçon de latin, François se décide à poser la question qui lui tient à cœur :

— Excusez-moi, monsieur, dit-il, est-ce que vous pourriez m'expliquer ce que les mots *via occulta* signifient ?

— *Via occulta,* répète M. Rolland. Cela veut dire un chemin secret, une voie ou un passage que l'on ne peut voir... Mais pourquoi est-ce que vous me demandez cela ?

Les autres enfants écoutent, le cœur battant. Ainsi, François a deviné juste : le mystérieux bout de tissu découvert à Kernach doit contenir des indications sur un chemin bien caché... Mais où mène-t-il, et d'où part-il ?

— Oh ! je voulais juste savoir..., répond François d'un ton détaché. Merci, monsieur.

Il échange un bref regard avec ses compagnons et, vite, baisse la tête sur son cahier pour dissimuler son excitation. Il est persuadé à présent que le reste du document renferme la clef de l'énigme. Il faut donc le déchiffrer à tout prix !

CHAPITRE 7

Le document

Cet après-midi-là, les enfants n'ont guère le temps de penser à leur secret. C'est la veille de Noël et il y a plein de choses à faire !

Ils commencent par se dépêcher d'écrire leurs vœux sur les jolies cartes achetées la veille et qui vont accompagner les cadeaux. Ensuite, ils vont couper du houx dans le jardin en compagnie de M. Rolland, car il est temps de décorer l'intérieur de la maison !

— Quelle récolte ! s'exclame tante Cécile en voyant le petit groupe revenir les bras chargés de branches de baies rouges.

Le professeur ferme la marche, portant la brassée de gui qu'il est allé cueillir au sommet du vieux pommier.

— Tu sais, tante Cécile, M. Rolland est

monté dans l'arbre, s'écrie Annie. Si tu l'avais vu... il grimpe comme un singe !

Tout le monde éclate de rire, sauf Claude : elle ne s'amuse jamais de ce qui concerne M. Rolland.

Après avoir laissé leurs récoltes dans le couloir, les enfants se réunissent.

— Par où est-ce que nous allons commencer ? questionne François.

— Je me demande si oncle Henri nous laissera décorer son bureau, s'inquiète Annie.

La pièce où travaille M. Dorsel est toujours encombrée par toutes sortes d'instruments étranges. Des tubes de verre et des éprouvettes traînent partout sur les meubles, ce qui impressionne beaucoup les enfants.

M. Dorsel, qui a entendu les mots d'Annie, ouvre la porte de son bureau.

— N'y comptez pas, dit-il. Il n'est pas question que vous veniez tout déranger ici.

Annie s'avance vers son oncle.

— Mais enfin, réplique-t-elle en le regardant avec de grands yeux étonnés, pourquoi est-ce que tu gardes tous ces drôles d'objets dans ton bureau ?

M. Dorsel sourit.

— Ces « drôles d'objets », comme tu dis, j'en ai besoin pour mes recherches, répond-il.

— Et tu veux trouver quoi, oncle Henri ?

— Ce serait un peu trop compliqué à t'expliquer. Ce que je peux vous dire, c'est que tout ce que je conserve dans mon bureau me sert à vérifier la formule secrète que je suis en train de mettre au point.

— C'est drôle ! s'écrie Annie. Toi, tu cherches une formule secrète et nous, c'est un chemin secret que nous voulons découvrir.

La fillette a complètement oublié qu'elle ne devait rien dire au sujet du mystère de la ferme de Kernach ! François la foudroie du regard, mais heureusement, M. Dorsel n'écoute que d'une oreille distraite. Il rentre dans son bureau et en referme la porte immédiatement.

François bondit aussitôt vers sa sœur et lui serre le bras au point de la faire crier.

— Tu ne pouvais pas te taire ? gronde-t-il. À chaque fois c'est la même chose !

Pendant ce temps, à la cuisine, Maria est très occupée à confectionner des gâteaux. Mme Dorsel a commandé à Mme Guillou une superbe dinde que l'on fera rôtir pour le déjeuner du lendemain. En attendant, le volatile est suspendu à un crochet du cellier. Dagobert semble en apprécier le parfum, et Maria a beau le chasser toutes les deux minutes, il n'arrête pas de venir renifler à la porte.

Des sacs de bonbons, des sucres d'orge et des boîtes remplies de chocolats attendent sur les étagères du salon. On aperçoit un peu partout de mystérieux paquets enveloppés de rubans rouges ou verts. C'est bientôt Noël, quel bonheur !

M. Rolland est ressorti. Les enfants le voient bientôt revenir, portant un jeune sapin qu'il a coupé au fond du jardin.

— On ne peut pas fêter Noël sans sapin ! dit-il. Vous avez de quoi le décorer, les enfants ?

Claude secoue la tête.

— Je vais descendre en ville tout de suite, et vous apporter le nécessaire, décide le professeur. Nous pourrons mettre l'arbre dans le salon. Ce sera magnifique. Qui veut venir avec moi ?

— Moi ! Moi ! Moi ! répondent les voix d'Annie, de Mick et de François.

Mais Claude ne bronche pas. Elle ne voudrait accompagner M. Rolland pour rien au monde. C'est pourtant son premier arbre de Noël, et elle s'en fait une telle joie ! Pourquoi faut-il que ce maudit professeur gâche tout en insistant pour participer aux préparatifs ?

Le soir venu, le sapin trône au milieu du salon, resplendissant sous la lumière des guirlandes lumineuses fixées sur ses branches. Il est recouvert de boules scintillantes, et de petits bibelots de verre irisé brillent sous les aiguilles givrées. De longs rubans de cristal et d'argent se déploient le long de l'arbre. Le spectacle est vraiment féerique !

Alors qu'Annie achève de disposer de petites touffes de coton un peu partout pour imiter des flocons de neige, M. Dorsel vient passer la tête à la porte du salon.

— Magnifique ! déclare-t-il.

Et, apercevant M. Rolland qui, de son côté, accroche encore quelques ornements, il s'écrie :

— Oh ! les enfants, vous avez vu cette jolie fée, tout là-haut ! Elle sera pour qui à votre avis ? Pour une petite fille bien sage ?

Annie lève les yeux vers la figurine qui scintille à la cime de l'arbre. Avec sa longue robe de voile et ses ailes bleues, elle semble tout droit sortie d'un rêve... Secrètement, la fillette espère que M. Rolland la lui donnera. De toute façon, c'est certain que Claude n'en voudra pas !

François, Mick et Annie se sentent maintenant en confiance avec le professeur. À vrai dire, Claude est la seule de la maison à ne pas apprécier M. Rolland : celui-ci a conquis la sympathie de tout le monde, y compris celle de Maria. Seul Dagobert résiste encore, comme sa maîtresse. Tous deux prennent grand soin de garder leurs distances et se mettent à bouder dès que le professeur est dans la pièce.

— Je n'aurais jamais cru qu'un chien pouvait faire la tête comme ça, dit François, alors que les enfants, réunis dans la chambre des garçons, attendent qu'on les appelle pour le dîner.

— C'est étonnant : on a l'impression que le museau de Dago s'allonge dès que M. Rolland apparaît. Un peu comme le nez de Claude !

Les enfants ricanent.

— C'est ça, moquez-vous de moi ! marmonne Claude, l'air vexé. Ça m'est égal parce que je suis sûre de ne pas me tromper sur M. Rolland. C'est une question de flair, et Dago est comme moi !

— Oh ! Écoute, Claude, ça devient fatigant à force, s'exclame Mick. En fait, tu ne flaires rien du tout. Si tu ne l'aimes pas, c'est seulement parce qu'il continue à t'appeler Claudine et qu'il te remet sans arrêt à ta place ! Et puis, il a l'air de détester Dagobert. Mais enfin, s'il n'aime pas les chiens, ce n'est pas sa faute !

— Ce n'est pas pareil, rétorque Claude fermement. Moi, je suis sûre qu'un homme qui est incapable d'aimer un chien – surtout quand c'est une brave bête comme Dago – n'est pas tout à fait normal. Et je me méfie de lui !

François hausse les épaules et dit à son frère :

— Ce n'est pas la peine de discuter plus longtemps. Tu sais bien que quand Claude a une idée dans la tête, il n'y a rien qui peut la faire changer d'avis.

À ces mots, Claude se lève et sort de la chambre, furieuse. Les enfants se regardent, découragés.

— Je n'en reviens pas, murmure Annie. Elle qui est si gaie et si gentille à Clairbois ! Elle est redevenue bizarre maintenant, comme elle était quand nous sommes arrivés pour passer les grandes vacances avec elle.

— M. Rolland a pourtant été sympa avec nous, dit Mick. C'est lui qui a eu l'idée de faire cet arbre de Noël et qui a acheté de quoi le décorer. Bien sûr, il y a des petites choses qui ne me plaisent pas trop en lui, mais il essaie d'être gentil. Dites, si on lui demandait de nous aider à déchiffrer le document que nous avons découvert à la ferme ? Je pense qu'on peut le mettre dans le secret, maintenant.

— Je suis d'accord, renchérit Annie vivement. M. Rolland sait tellement de choses... Je suis sûre qu'il va tout nous expliquer !

— Très bien. Je lui montrerai le bout de toile ce soir même, décide François. Il viendra certainement avec nous dans le salon pendant que tante Cécile et oncle Henri finiront d'écrire leurs cartes de Noël.

Le dîner terminé, les enfants se réunissent autour de l'arbre de Noël. En attendant le professeur, François tire de sa poche le morceau de toile qu'il garde précieusement et l'étale sur la table.

Claude regarde son cousin, stupéfaite.

— Mais qu'est-ce que tu fais ? s'écrie-t-elle. Range ça vite ! M. Rolland va arriver d'une minute à l'autre !

— On a décidé de lui demander de nous aider à déchiffrer ces inscriptions.

— Non ! s'exclame la fillette. Comment est-ce que tu peux partager notre secret avec cet homme ?

— Écoute, Claude, tu veux percer le mystère, oui ou non ?

Comme sa cousine garde le silence, François reprend :

— Je n'ai pas l'intention de lui donner des détails ni de raconter où nous avons trouvé le morceau de tissu. On va seulement lui parler de l'énigme, mais sans le mettre vraiment dans le secret.

— Si tu crois que ce sera aussi simple ! Je parie qu'il va chercher à en savoir plus, et tu seras bien obligé de répondre à ses questions. Tu verras... D'abord, il fourre son nez partout !

— Qu'est-ce que tu veux dire ? s'étonne le garçon.

— Hier, je l'ai vu fouiller dans le bureau pendant que papa prenait son café. J'étais dans le jardin avec Dago, et il était tellement occupé à regarder dans tous les coins qu'il ne s'est même pas aperçu que je l'observais par la fenêtre !

— Enfin, Claude, tu sais qu'il s'intéresse aux travaux d'oncle Henri. Il a bien le droit d'y jeter un coup d'œil ! Je ne crois pas que ça gêne ton père. Tu ne penses vraiment qu'à lui casser du sucre sur le dos !

— Vous allez arrêter de vous disputer, oui ? s'exclame Mick. Le soir de Noël, en plus !

Comme il achève ces mots, M. Rolland entre dans le salon et vient s'asseoir à la table.

— Qu'est-ce que vous voulez faire ? demande-t-il en souriant. Vous voulez jouer aux cartes ?

— Monsieur, commence François, est-ce que

vous pourriez nous donner un conseil ? Nous avons trouvé un vieux morceau de toile rempli de signes bizarres. On dirait qu'il y a des mots latins, mais nous n'arrivons pas à les déchiffrer.

Au moment où François tend le document à M. Rolland, Claude a un geste de colère et, repoussant sa chaise brusquement, elle se lève puis quitte la pièce avec Dago. La porte claque derrière eux.

— Notre charmante Claudine ne semble pas de très bonne humeur ce soir, constate tranquillement le professeur.

Puis, jetant un coup d'œil sur l'objet que vient de lui remettre François, il pousse un cri de surprise.

— Tiens ! Où est-ce que vous avez déniché ça ? Que c'est étrange...

Les enfants se taisent pendant que leur maître examine le carré de toile.

— Ah ! je comprends maintenant pourquoi vous vouliez savoir ce que signifie *via occulta,* murmure-t-il au bout d'un instant. Ces deux mots sont au-dessus du dessin.

Annie et ses frères ne quittent pas M. Rolland des yeux. Est-ce qu'il va réussir à éclaircir le mystère ?

— Tout ceci est extrêmement intéressant, dit

enfin le professeur. Apparemment, ce document indique comment trouver l'entrée d'un chemin secret.

— C'est bien ce que je pensais ! s'écrie François, incapable de contenir sa joie. Monsieur, s'il vous plaît, donnez-nous tous les détails !

— Alors, commence M. Rolland, en étalant le morceau de toile au milieu de la table afin de permettre aux enfants de suivre ses commentaires, je crois que ces huit carrés représentent des panneaux de bois. Attendez, il y a autre chose. *Solum lapideum... paries ligneus...* mais il y a des caractères tout en bas que j'ai du mal à lire... *cel...* Mais oui, c'est ça : *cellula* !

Les enfants sont suspendus à ses lèvres. Des panneaux de bois ! Comment ne pas songer aussitôt à la ferme de Kernach et à ses vieilles boiseries ?

M. Rolland continue à étudier le document. Finalement, il envoie Annie emprunter une loupe à M. Dorsel. Plusieurs minutes s'écoulent. Les enfants retiennent leur souffle.

— Voici ce que je crois comprendre, dit enfin M. Rolland. Je pense qu'il s'agit d'une pièce orientée à l'est et de huit panneaux de bois. L'un d'eux doit s'ouvrir, probablement celui qui est marqué d'une croix sur ce dessin.

Le document parle aussi d'un dallage de pierre et d'un placard... C'est un véritable rébus, mais c'est passionnant. Et maintenant, dites-moi, d'où vient ce document ?

François hésite un instant.

— On l'a trouvé l'autre jour, répond-il.

Puis il se dépêche d'ajouter :

— Merci beaucoup, monsieur. Sans vous, nous n'aurions jamais pu découvrir tout ça. C'est donc un passage secret dont l'entrée se trouve dans une pièce donnant à l'est si j'ai bien compris ?

— Probablement, approuve le professeur en se penchant de nouveau sur le document. Où est-ce que vous l'avez trouvé déjà ?

— François ne vous l'a pas dit, monsieur, corrige Mick. C'est un secret.

M. Rolland relève la tête et pose son regard sur Mick. Leur éclat semble encore plus vif que d'habitude.

— Tiens, tiens ! dit-il, l'air amusé. Mais entre nous, vous savez que vous ne risquez rien à me le confier : j'ai l'habitude des secrets. J'en connais moi-même plusieurs.

— En fait, dit François, je ne vois pas l'intérêt de continuer à faire tant de mystère. Nous avons découvert ce carré de toile dans une vieille tabatière qui était cachée à la ferme de

Kernach. Le passage secret part sûrement de là-bas, mais où ? Et jusqu'où va-t-il ?

— Ah bon, s'exclame M. Rolland, au comble de la surprise, ce grimoire vient de la ferme de Kernach ! Il faudra que j'aille me promener de ce côté-là un de ces jours. Cette vieille bâtisse doit être très intéressante à visiter.

François prend le morceau d'étoffe qu'il roule avec soin avant de le remettre dans sa poche.

— Merci encore, monsieur, dit-il. Grâce à vous, nous avons résolu une partie de l'énigme, mais il faut encore que nous trouvions l'entrée du passage, et ce ne sera pas une mince affaire !

— Si vous voulez, je vous accompagnerai à la ferme. Je pourrais peut-être vous aider, à moins que ça ne vous ennuie de partager vos secrets avec moi.

— Vous nous avez beaucoup aidés, commence François un peu embarrassé, nous ne demandons pas mieux, si vous voulez venir avec nous...

— Oh oui, monsieur, il faudra que vous veniez avec nous ! s'écrie Annie, enthousiaste.

— Marché conclu alors, termine M. Rolland. Nous chercherons ce fameux chemin secret tous ensemble. Nous allons bien nous amuser...

Cependant, Mick et François pensent à Claude. Que va-t-elle dire quand elle apprendra qu'ils ont tout raconté à M. Rolland et qu'il compte les accompagner à la ferme ?

— On n'aurait peut-être pas dû tout lui dire, murmure Mick à son frère après le départ de M. Rolland. Claude ne voudra jamais venir avec nous à la ferme s'il est là. Qu'est-ce qu'on va faire ?

— On verra bien ! réplique François en prenant l'air détaché. Les choses iront peut-être mieux après Noël. Claude ne va tout de même pas passer toutes les vacances à se méfier de M. Rolland !

CHAPITRE 8

Le jour de Noël

La journée de Noël se passe merveilleusement bien. Les enfants se réveillent de bonne heure et sautent du lit pour se précipiter vers les cadeaux disposés autour du sapin. Chacun déballe les siens en riant et en criant de joie.

— Oh ! une voiture téléguidée ! C'est exactement ce que je voulais.

— Un coffret de perles de bois ! Regardez, il y a au moins dix couleurs différentes !

— Génial : j'avais tellement envie d'avoir ce livre ! Rien que des modèles d'avion ! Mais c'est de la part de qui ? Je ne trouve pas la carte... Ah ! c'est tante Cécile !

— Dago, tu as vu le cadeau que t'offre François, un collier avec de gros clous dorés ! Cours vite donner la patte pour dire merci !

— Et ce paquet, il est pour qui ? Pour moi ? Oh ! c'est de M. Rolland. Un couteau de poche à trois lames !

Les enfants passent ainsi un bon moment à s'amuser et à admirer leurs cadeaux en attendant le petit déjeuner. Le salon est jonché de ficelles, de cartes de Noël, de boîtes et de papiers multicolores, au grand bonheur de Dagobert, qui s'amuse follement de tout ce remue-ménage.

— Qui t'a offert ça, Claude ? demande François en voyant sa cousine feuilleter un livre illustré de très belles images en couleurs qui représentent les différentes races de chiens.

— C'est M. Rolland, répond-elle sèchement.

François redoute que sa cousine refuse le cadeau. Mais, à sa grande surprise, elle remercie M. Rolland en même temps que les autres pour les présents qu'il leur a offerts. Claude a en effet décidé de ne pas gâcher le jour de Noël par un nouvel éclat.

À son tour, le professeur remercie chaleureusement les enfants qui, à l'exception de Claude, lui ont tous offert de petits cadeaux. Il félicite Annie pour la carte de Noël qu'elle a dessinée et coloriée pour lui. Annie rayonne de joie.

À midi, tout le monde s'installe dans la salle

à manger autour de la table décorée de gui et de houx.

— Et bien, c'est très agréable d'être ici pour Noël ! lance M. Rolland en s'asseyant.

— Nous sommes tous très heureux de vous voir parmi nous, répond aimablement M. Dorsel. Vous faites presque partie de la famille maintenant...

Après les hors-d'œuvre et l'entrée, Maria sert la dinde envoyée par Mme Guillou.

— Puis-je la découper, monsieur ? offre le professeur à M. Dorsel.

Celui-ci lui tend aussitôt la fourchette et le grand couteau que Maria vient de lui remettre.

— Volontiers, répond-il. J'ai horreur de découper la dinde et je m'en tire d'ailleurs toujours très mal.

La dinde est succulente, les gâteaux et les bonbons délicieux. Tout le monde a l'air heureux..

« Quelle belle journée ! se disent les enfants. Sans leçons ni devoirs, bien sûr..., et qui sait, peut-être ce congé sera-t-il prolongé jusqu'à demain... »

Le déjeuner terminé, on passe dans le salon. Dans la pénombre des rideaux tirés, l'arbre de Noël scintille de mille feux. Il est si beau que

Dagobert, complètement fasciné, n'en finit pas de le regarder..

— Je suis sûr que Dago est aussi content que nous, dit Claude.

La fillette a raison : Dagobert profite de cette merveilleuse journée au moins autant que les enfants..

Le soir venu, ceux-ci se sont tellement amusés qu'ils se sentent épuisés.

— Ce ne sera pas la peine de me bercer, dit Annie quand les deux filles se retrouvent dans leur chambre. Je tombe de sommeil !...

Elle bâille à s'en décrocher la mâchoire, puis reprend :

— Nous avons passé une bonne journée, pas vrai Claude ? Et ce sapin, il est magnifique !

— Oui, c'était parfait, approuve sa cousine en sautant dans son lit. Tu entends, maman monte l'escalier. Elle vient nous dire bonsoir. Dago, file dans ton panier. Va te coucher, vite !

Dagobert ne fait qu'un bond jusqu'à son panier. Chaque soir, quand Mme Dorsel entre dans la chambre des filles, elle voit le chien sagement installé sur son coussin, dans le coin qui lui est réservé. Mais dès qu'elle a refermé la porte, Dago s'empresse de regagner sa place favorite... sur le lit de Claude ! Et il s'y endort tranquillement, pelotonné aux pieds de sa jeune maîtresse.

— Claude, tu ne crois pas qu'il vaudrait mieux mettre Dago dans la cuisine cette nuit ? dit Mme Dorsel en entrant. Maria prétend qu'il a mangé comme quatre. Alors j'ai peur qu'il ne soit malade tout à l'heure.

— Oh ! non, maman ! s'écrie Claude. Laisser Dago dans la cuisine le jour de Noël... mais c'est impossible ! Qu'est-ce qu'il va penser ?

Mme Dorsel se met à rire.

— D'accord, dit-elle, n'en parlons plus. J'aurais dû me douter de ta réponse. Allez, il faut dormir maintenant. Il est déjà tard, et vous êtes fatiguées.

Après avoir embrassé les deux filles, elle quitte la pièce pour aller dans la chambre des garçons qu'elle trouve déjà endormis. Deux heures plus tard, tous les adultes sont couchés. Les dernières lumières éteintes, l'obscurité envahit la maison. Claude et Annie dorment à poings fermés dans leurs lits, tout comme Dago, toujours blotti aux pieds de sa maîtresse.

Soudain, celle-ci se réveille en sursaut, croyant avoir entendu le chien gronder. Elle retient son souffle quelques instants. Dago a relevé la tête et reste immobile, le cou tendu : il écoute.

— Qu'est-ce qu'il y a ? murmure Claude.

Dans le lit voisin, Annie continue à dormir.

Tout à coup, un grognement sourd monte de la gorge de Dago. D'un bond, Claude s'assied et saisit l'animal par le collier car elle sait dans quelle colère va entrer M. Dorsel si par malheur Dagobert réveille la maisonnée.

Dès qu'il sent la main de sa jeune maîtresse sur son cou, le chien se calme. Claude réfléchit. Que faire ? Réveiller Annie ? Elle aura tellement peur que cela n'avancera pas à grand-chose.

« Mais enfin, songe Claude, pourquoi Dago se comporte-t-il ainsi ? Lui qui est toujours si sage, la nuit. »

Tout est silencieux mais Dago semble rester sur ses gardes. Sous la main de Claude, le poil rude qui lui couvre le cou se hérisse lentement.

— Allez, décide la fillette. Il faut que j'aille voir ce qui se passe.

Elle n'a pas peur de parcourir la maison sombre et silencieuse ; Dago est là pour la protéger. Avec lui, comment pourrait-elle avoir peur ?

Elle enfile sa robe de chambre et sort sur le palier.

« C'est peut-être une bûche qui est tombée dans la cheminée. Pourvu qu'elle n'ait pas mis le feu au tapis ! » se dit-elle en descendant l'escalier. Instinctivement, elle hume l'air autour d'elle.

« Dago a peut-être senti quelque chose ! »

Arrivée au rez-de-chaussée, Claude traverse le couloir à pas de loup et pénètre dans le salon. La pièce est tranquille et le feu presque éteint. Rien d'anormal dans la cuisine non plus. Seul le crissement des griffes de Dago sur le parquet trouble le silence.

La fillette est sur le point de franchir la porte du couloir quand elle croit entendre un léger bruit. Dago s'arrête net. Il se met à grogner et ses poils se dressent sur son dos. Immobile, Claude tend l'oreille. Et si c'était des cambrioleurs...

Soudain Dago s'élance et, échappant aux mains de sa maîtresse, s'engouffre dans le petit couloir qui mène au bureau de M. Dorsel. Un cri retentit, suivi d'un choc, comme si quelque chose était tombé.

— Un voleur ! s'écrie Claude en se précipitant sur les traces de Dagobert.

Elle aperçoit le fin rayon de lumière d'une lampe de poche tombée au sol. Au fond de la pièce, une lutte confuse oppose Dago au voleur.

Sans hésiter, Claude appuie sur l'interrupteur. La scène est incroyable : M. Rolland est là, sur le sol, se débattant pour échapper au chien qui, sans chercher à le mordre, le tient fermement par le pan de sa robe de chambre.

— Comment, Claude, c'est toi ! s'exclame le professeur. Sa voix tremble de colère. Débarrasse-moi immédiatement de ce sale chien !

Et il ajoute, plus bas :

— Tu veux réveiller toute la maison ?

— Qu'est-ce que vous faites ici en pleine nuit, avec une lampe de poche ? demande la fillette.

— J'ai entendu du bruit au rez-de-chaussée et je suis descendu pour voir ce qui se passait.

Cherchant désespérément à se relever, M. Rolland tente de repousser Dago, sans réussir à lui faire lâcher prise :

— Claudine, dis à cette maudite bête de me lâcher !

— Pourquoi est-ce que vous n'avez pas allumé la lumière ? l'interroge encore la fillette, sans faire le moindre geste pour appeler son chien auprès d'elle.

Au fond, elle n'est pas fâchée de voir M. Rolland en aussi mauvaise posture.

— Je n'ai pas trouvé l'interrupteur, répond l'homme. Tu vois bien qu'il est derrière la porte.

Il a raison. Claude doit admettre qu'il faut

être un habitué pour trouver le bouton du premier coup. Dans un nouvel effort, M. Rolland
veut se remettre debout, mais cette fois, Dagobert se met à aboyer.

— C'est ridicule ! grommelle le professeur.
Ce monstre va réveiller tout le monde. Je voulais juste vérifier que tout allait bien. Il aurait
pu y avoir un cambrioleur dans la maison.
Regarde, qu'est-ce que je t'avais dit, voici ton
père...

Immobile sur le seuil, une bougie à la main,
M. Dorsel contemple l'étrange spectacle d'un
œil sidéré.

— Qu'est-ce que ça signifie ? dit-il d'un ton
sévère.

M. Rolland rassemble ses forces et réussit
presque à se relever mais il retombe aussitôt,
écrasé sous le poids de Dagobert qui s'est jeté
sur lui.

— Dago, ici ! s'écrie M. Dorsel.

Le chien lance un coup d'œil vers sa maîtresse mais, comme elle ne bronche pas il
décide d'ignorer l'ordre qu'il vient de recevoir.
Et, non content de faire la sourde oreille, il
montre les crocs d'une manière peu rassurante,
le regard obstinément fixé sur les mollets de
son adversaire.

— Cet animal est enragé ! s'exclame le professeur, terrifié. Il m'a déjà mordu l'autre jour, et il va sûrement recommencer !

— Dago, ça suffit ! hurle M. Dorsel.

Et, se tournant vers sa fille, il ajoute :

— Ton chien est insupportable. Fais-le obéir immédiatement !

— Ici, Dagobert ! appelle Claude presque à voix basse.

Tout de suite, le chien s'écarte de M. Rolland et se dirige vers sa maîtresse. Il laisse encore s'échapper un grognement sourd. L'homme se relève. Il a le visage tout pâle.

— J'ai entendu un bruit bizarre et je suis descendu voir ce qui se passait, explique-t-il. Comme j'avais l'impression que cela venait de votre bureau, j'ai eu peur qu'un voleur ne s'y soit introduit. Je venais d'entrer dans la pièce quand Dagobert m'a sauté dessus et m'a renversé avant que j'aie pu faire quoi que ce soit. D'ailleurs Claude n'a même pas essayé de le retenir !

À ces mots, M. Dorsel se tourne vers sa fille et la regarde d'un œil sévère.

— Décidément, Claude, je ne comprends rien à ton attitude, dit-il au bout d'un instant. J'espère que tu ne vas pas recommencer tes caprices ! Tu nous as causé suffisamment de soucis, à ta mère et à moi ! Tout semblait aller mieux pourtant, depuis que tes cousins sont venus passer les vacances ici, mais...

Il s'arrête, comme si une idée venait de lui traverser l'esprit, et il reprend, s'adressant à M. Rolland :

— Vous n'avez pas dit tout à l'heure que Dagobert vous avait déjà mordu ?

— Si, monsieur. Le lendemain de mon arrivée ici. Je ne savais pas que le chien était couché sous la table du salon pendant que les enfants apprenaient leurs leçons, et quand j'ai voulu allonger les jambes, je l'ai touché et il m'a mordu la cheville. Je ne vous en ai pas parlé parce que je ne voulais pas vous déranger, mais en fait, j'ai l'impression que Claude et Dagobert cherchent toutes les occasions pour être désagréables avec moi.

— Puisque c'est comme ça, Dago n'entrera plus dans la maison, décrète M. Dorsel. Il restera dans sa niche, au fond du jardin. Ce sera sa punition, et la tienne aussi, Claude. Je t'avertis que je ne tolérerai pas tes bêtises. Ta conduite est odieuse ! Après tout ce que M. Rolland a fait pour vous.

Claude lève les yeux vers son père et soutient son regard sans faiblir.

— Je ne veux pas mettre Dagobert à la niche, dit-elle d'une voix frémissante. D'abord, il fait beaucoup trop froid, et il en mourrait de chagrin.

— Tant pis pour lui ! riposte M. Dorsel d'un ton sec. Si tu ne changes pas tes manières, il passera tout le reste des vacances dehors. Tu sais ce qu'il te reste à faire. Je demanderai tous les jours à M. Rolland s'il a été content de toi et, selon ce qu'il me dira, je déciderai s'il faut lever la punition ou non. Te voilà fixée. Va présenter tes excuses à M. Rolland. Ensuite, tu fileras dans ta chambre.

— Ah ! non, je ne m'excuserai pas ! lance Claude avec emportement, et elle s'enfuit, furieuse. Elle disparaît dans le couloir, suivie par Dagobert.

Les deux hommes l'entendent monter l'escalier quatre à quatre. Ils se regardent un moment.

— Laissez-la, monsieur, murmure le professeur. C'est une enfant difficile et il est évident qu'elle me déteste. Je ne vois pas trop comment changer cela mais je suis soulagé de savoir que ce chien ne rôdera plus dans la maison. Je me méfie de lui, et je crois bien que Claude n'hésiterait pas à l'exciter contre moi.

— Je suis désolé de ce qui vient de se passer, dit M. Dorsel.

Il réfléchit un moment et reprend, l'air soucieux :

— Je me demande ce que vous avez bien pu entendre tout à l'heure. C'était probablement une bûche tombée dans la cheminée. Et maintenant, ajoute-t-il avec un soupir, il faut que je m'occupe de Dagobert. Je vais monter le chercher et le mettre dehors immédiatement.

— Vous ne pensez pas qu'il vaudrait mieux attendre un peu ? dit M. Rolland. Vous entendez tout ce remue-ménage ? Là-haut, tout le monde est réveillé ! Il est tard, laissons les enfants se calmer. Vous verrez ça demain.

— Vous avez raison, admet M. Dorsel. Il n'a aucune envie de traîner le brave Dago jusqu'à sa niche, en pleine nuit et par ce froid glacial !

Les deux hommes remontent se coucher. Peu à peu le silence revient. Tout le monde se rendort, sauf Claude, qui ne trouve pas le sommeil.

Tout à l'heure, en revenant dans sa chambre, elle y a trouvé ses cousins qui, réveillés par les éclats de voix au rez-de-chaussée, l'attendaient avec Annie. Elle leur a raconté ce qui s'était passé...

— Quelle idiote quand même ! s'est exclamé Mick. Tu peux me dire pourquoi M. Rolland serait descendu dans le bureau s'il n'avait pas entendu quelque chose ? Il a fallu que tu t'en mêles, toi aussi. Quand je pense qu'il va falloir mettre ce pauvre vieux Dago à la niche par ce froid !

Annie a fondu en larmes. Elle est triste d'apprendre que le professeur qu'elle aime tant a été malmené par Dago. Elle est aussi désolée de la punition qui attend le malheureux animal.

— Arrête de pleurnicher ! lui a crié Claude, excédée. Moi, je ne pleure pas, et pourtant, c'est mon chien, pas le vôtre !

Mais maintenant qu'elle est couchée dans son lit, elle ne peut retenir ses larmes. Alors, Dago se glisse à côté d'elle et, posant sa tête sur l'oreiller, il lèche la joue mouillée de sa jeune maîtresse. Puis il se met à gémir faiblement tant il est triste de la voir pleurer.

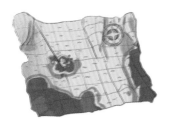

CHAPITRE 9

À la ferme de Kernach

Le lendemain de Noël, les enfants sont dispensés de cours. Claude est un peu pâle et ne parle pas beaucoup. Dagobert est dehors, obligé de rester dans sa niche. Il pousse des gémissements, et les enfants ont le cœur gros à l'entendre se lamenter.

— Ça me rend malade, dit Mick. Claude, il faut vraiment que tu essaies d'être plus raisonnable. Tu vois bien que tout finit par se retourner contre toi et contre Dago !

Claude ne sait plus quoi faire. Elle déteste tellement M. Rolland maintenant, que sa vue lui en est devenue insupportable. Pourtant, elle n'ose plus se rebeller parce qu'elle craint qu'il n'aille se plaindre d'elle à son père. Claude est donc bien obligée de se contenir, mais que c'est difficile de faire semblant d'obéir quand on est aussi fière et décidée !

M. Rolland semble se désintéresser complètement de son élève. Les cousins de Claude se donnent beaucoup de mal pour ne pas la laisser à l'écart mais elle paraît indifférente à ce qui l'entoure.

— Claude, tu viens avec nous à la ferme de Kernach, dit Mick. On voudrait commencer nos recherches. L'entrée du passage secret se trouve sûrement là-bas.

Annie et les garçons ont raconté à Claude leur entretien avec le professeur au sujet du document, et les joies de Noël n'ont pas fait oublier aux enfants les précieux détails que M. Rolland leur a révélés après avoir étudié le dessin et les inscriptions.

— Il faut absolument profiter de notre journée de congé pour trouver quelque chose, ajoute François.

Le visage de Claude s'est éclairé.

— Avec plaisir, dit-elle. Dago pourra venir avec nous. Ça lui dégourdira les pattes.

Mais dès que Claude comprend que M. Rolland sera également de la partie, elle change d'avis..

— J'irai faire un tour avec Dago de mon côté, décide-t-elle.

François lui prend le bras et essaie de la raisonner :

— Allez, Claude, viens avec nous. ça sera tellement amusant de fureter dans tous les coins !

— Je n'irai nulle part avec M. Rolland, ni à la ferme, ni où que ce soit ! dit Claude avec fermeté.

Et, dégageant son bras d'un geste brusque, elle ajoute :

— Laisse-moi tranquille. Allez vous amuser avec votre cher professeur, moi, je vais me promener avec Dago !

Les cousins de Claude abandonnent, découragés. Ils savent que rien ne la fera revenir sur sa décision.

Quelques instants plus tard, ils la voient traverser le jardin et s'éloigner, seule avec son chien. La joyeuse entente qui unissait les quatre enfants depuis les grandes vacances semble disparue et Claude a l'air de se détacher de plus en plus de ses compagnons. « Mais que faire ? » se demandent tristement Annie et ses frères.

Bientôt, M. Rolland rejoint ses élèves dans le couloir.

— Vous êtes prêts ? demande-t-il d'un ton enjoué. Partez devant : je descends au village poster une lettre. Je vous rejoins à la ferme.

Les enfants se mettent en route sans entrain.
Où est donc Claude ? Ils ne l'aperçoivent nulle
part sur la lande.

Les fermiers de Kernach accueillent les visiteurs à bras ouverts. Ceux-ci sont à peine arrivés qu'on les installe à la table de la cuisine
devant de grandes tasses de lait et des crêpes
toutes chaudes.

— Et maintenant, je parie que vous allez
vous remettre à explorer la maison, dit la fermière, pendant que les enfants terminent de
goûter.

— Eh bien oui, si vous êtes d'accord,
confirme François. En fait, nous devons d'abord
trouver une pièce avec des boiseries, exposée
à l'est, et dont le sol est dallé.

La fermière sourit.

— Ce n'est pas ça qui manque ici, dit-elle.
Tout le rez-de-chaussée est dallé. Vous allez
pouvoir vous en donner à cœur joie. Allez-y, il
n'y a pas de problème mais je vous demande
seulement de ne pas aller dans la chambre au
placard à double fond. Ni dans celle d'à côté :
ce sont les chambres que j'ai louées aux deux
artistes..

— Ne vous inquiétez pas, répond François,
malgré sa déception de ne pouvoir explorer de

nouveau le mystérieux placard. Ils sont ici en ce moment ? J'aimerais bien les rencontrer. Plus tard, je veux devenir un artiste, moi aussi.

— C'est vrai ? s'amuse la fermière. Je me demande toujours comment on peut gagner sa vie avec un métier pareil...

François prend un air grave et explique :

— Je ne crois pas que les peintres se préoccupent beaucoup de gagner de l'argent. Ce qui les intéresse, c'est de peindre.

La fermière regarde son interlocuteur d'un air intrigué, puis se met à rire.

— Décidément, les artistes sont vraiment des gens à part ! conclut-elle. Mais, de toute façon, ce n'est pas aujourd'hui que tu vas bavarder avec eux : ils sont sortis tous les deux.

Dès que les enfants ont quitté la table du goûter, ils se réunissent afin de mettre au point leur stratégie de recherche. La première chose à faire est de trouver une pièce exposée à l'est.

— Madame Guillou, comment est orientée votre maison, s'il vous plaît ? demande Mick.

— La cuisine est plein nord, répond la fermière.

Elle fait un geste de la main.

— L'est se trouve donc par là, à ma droite...

— Merci, dit François.

Et, se retournant vers ses compagnons, il s'écrie :

— On y va, tout le monde !

Ouvrant la marche, il sort de la cuisine et tourne à droite dans le couloir. De ce côté-là, il y a trois pièces : une sorte de bureau qui ne sert plus à rien, puis un minuscule cagibi et enfin une immense salle glaciale et inutilisée depuis longtemps.

— Rien que des dalles, murmure François, en examinant le sol.

— Ce qui signifie qu'il va falloir explorer les trois pièces en détail, conclut Annie.

— Mais non ! Pas la peine de s'attarder dans le bureau, par exemple.

— Et pourquoi ? demande la fillette.

— Parce que les murs sont en pierre, tiens ! Tu sais bien que nous cherchons des boiseries..., avec des panneaux !

— Il y en a dans les deux autres pièces justement, fait remarquer Mick. Allons-y !

François réfléchit un instant, puis montre le document déchiffré par M. Rolland.

— Attends, dit-il à son frère en déroulant le petit carré de toile. Il y a huit carrés sur ce dessin. Ce n'est sûrement pas par hasard. Il faudrait d'abord regarder si on ne trouve pas, quelque part dans ces pièces, huit panneaux disposés comme sur ce plan.

Les enfants commencent immédiatement leurs recherches. Très vite, ils s'aperçoivent que le petit cagibi est trop exigu pour contenir ce qu'ils cherchent. Ils passent donc dans la grande salle sans s'attarder davantage. Les boiseries sont très différentes dans cette pièce. Le chêne est plus clair et moins vieux. Enfin, les panneaux n'ont pas la même taille que ceux de la chambre. Les trois enfants les sondent un à un, tirant ici et poussant là, dans l'espoir d'en voir un coulisser dans le mur comme cela s'est produit dans le couloir lors de leur première visite à la ferme.

Mais leurs efforts ne mènent à rien. Pas question pour autant d'abandonner la partie : ils se remettent à inspecter minutieusement les lambris.

Soudain, des pas se font entendre dans le couloir, puis le son d'une voix. Et presque aussitôt, un homme passe la tête par la porte du salon. Il est grand et maigre, et il porte de petites lunettes sur le bout du nez.

— Bonjour, les enfants ! dit-il d'un ton jovial. Mme Guillou m'a dit que je vous trouverais probablement ici, en train de faire une partie de chasse au trésor. Où en êtes-vous ?

— Pas bien loin, monsieur, répond François avec réserve.

Tandis qu'il dévisage le nouveau venu, un second personnage apparaît sur le seuil. Il a l'air un peu plus jeune que son compagnon, avec une grande bouche et de petits yeux de souris.

— Vous êtes les deux peintres dont nous a parlé Mme Guillou ? reprend le garçon.

— C'est ça ! acquiesce l'homme aux lunettes.

Et s'avançant vers les enfants, il demande :

— Qu'est-ce que vous cherchez exactement ?

François n'a aucune intention de donner des détails à cet inconnu, mais il n'a pas vraiment le choix.

— En fait..., commence-t-il.

Il hésite un instant, puis se décide :

— Nous nous demandons s'il n'y a pas ici un panneau secret quelque part, explique-t-il. Comme nous en avons vu un dans le couloir, nous nous amusons à chercher un peu partout.

— Passionnant ! s'exclame l'homme. Nous allons vous aider. Dites-nous vos noms d'abord. Moi, je m'appelle Dulac et mon ami, Rateau.

Pendant un moment, les enfants discutent

poliment avec les artistes. En fait, ils n'ont pas du tout envie de voir les deux hommes se mêler du mystère du passage secret. Mais les intrus n'ont apparemment aucune intention de partir. Ils se mettent d'ailleurs immédiatement à examiner les lambris, au grand désespoir des enfants.

Tout à coup une voix familière retentit :

— Eh bien, ça ne chôme pas par ici !

Les enfants se retournent et découvrent M. Rolland qui, debout sur le seuil, les regarde en souriant. Les artistes le dévisagent.

— Vous connaissez ce monsieur ? demande M. Dulac à François.

— Bien sûr ! s'écrie Annie avec fougue. C'est notre professeur particulier. Il est très gentil !

La fillette court vers le nouvel arrivant et le prend par la main.

— Tu fais les présentations, Annie ? dit M. Rolland.

Annie s'exécute. Elle se trouve très douée pour présenter les gens les uns aux autres.

— Monsieur Rolland, commence-t-elle en s'adressant aux deux artistes, je vous présente M. Dulac et M. Rateau.

Les hommes se saluent.

— Vous vous plaisez ici ? demande M. Rolland. Cette vieille maison ne manque pas de charme, pas vrai ?

— Excusez-moi, monsieur, dit soudain François, je viens d'entendre une pendule sonner. Je crois que c'est l'heure de rentrer.

— Tu as raison, répond le professeur. J'ai perdu du temps à la poste. Il faut que nous partions dans un quart d'heure.

Puis, se dirigeant vers les boiseries, il ajoute :

— Je vais tout de même participer un peu à vos recherches. Voyons si nous réussissons à trouver ce fameux passage secret !

Mais chacun a beau s'obstiner, presser et tapoter l'angle des panneaux, rien ne se produit. Quelle déception !

— Cette fois, dit enfin M. Rolland, il faut partir. Venez dire au revoir à Mme Guillou.

Tout le monde regagne la cuisine tiède où la fermière s'affaire autour de ses fourneaux. Une délicieuse odeur monte d'une marmite.

— C'est notre déjeuner que vous êtes en train de préparer ? demande M. Dulac, alléché. Vous avez l'air d'être un sacré cordon-bleu !

Mme Guillou sourit, amusée par le compliment, puis elle se tourne vers les enfants :

— Alors, mes petits, vous avez découvert ce que vous cherchiez ?

— Non, rétorque M. Rolland, sans laisser à

ses élèves le temps de répondre. Nous n'avons pas réussi à trouver le passage secret.

La fermière le regarde avec stupeur.

— Le passage secret ! répète-t-elle. Qu'est-ce que vous racontez ? Ça faisait des siècles que je n'avais pas entendu parler de cette histoire ! D'ailleurs, je n'y ai jamais vraiment cru...

— Oh ! madame Guillou, s'écrie François, vous savez où il est ?

— Mais, mon pauvre François, je n'en ai pas la moindre idée : le secret est perdu depuis si longtemps ! Écoute, quand j'étais toute petite, je me souviens que ma grand-mère en parlait parfois. Mais à l'époque, je ne m'intéressais pas à ce genre d'histoires. La seule chose qui comptait pour moi, c'était les vaches, les poules et les moutons !

— S'il vous plaît, madame Guillou, vous ne voulez pas faire un effort ? supplie Mick. Je suis sûr que vous allez finir par vous rappeler.

La fermière secoue la tête.

— Tout ce que je me rappelle, c'est que, dans le temps, il y avait un passage qui partait de la ferme de Kernach, mais je ne sais pas du tout où il allait. Il paraît qu'à l'époque, il permettait aux gens d'ici d'échapper à leurs ennemis.

Les enfants doivent bientôt se rendre à l'évidence : la fermière n'en sait pas davantage. Ils reprennent le chemin des *Mouettes*, déçus de rentrer bredouilles et d'avoir en plus perdu un temps précieux.

Claude, revenue depuis longtemps de sa promenade, les attend à la maison. Ses joues ont retrouvé leurs couleurs, et ses yeux brillent d'impatience. Elle se précipite vers ses cousins.

— Alors, qu'est-ce que vous avez découvert ? Racontez-moi vite ! s'écrie-t-elle.

— Malheureusement, il n'y a pas grand-chose à raconter ! s'indigne Mick, le visage sombre. Nous avons vu trois pièces dallées et orientées à l'est. Il n'y avait des boiseries que dans deux des pièces et nous avons cogné sur tous les panneaux pendant je ne sais combien de temps, mais ça n'a servi à rien.

— Nous avons vu les pensionnaires de Mme Guillou, ajoute Annie. Un grand maigre avec des lunettes qui s'appelle M. Dulac. L'autre est plus jeune. Il a une grande bouche et des petits yeux qui ressemblent à ceux d'un cochon.

— Mais je les ai croisés sur la lande cet après-midi ! s'exclame Claude. Ils parlaient avec M. Rolland. Ils ne m'ont pas vue d'ailleurs.

— Ce n'est pas possible, dit Annie vivement. Ils ne se connaissent pas, puisqu'il a fallu que je les présente !

Claude regarde sa cousine d'un air surpris.

— Pourtant, insiste-t-elle, je suis sûre d'avoir entendu M. Rolland appeler l'un de ces hommes par son nom : quelque chose comme Bateau ou Rateau, je crois. C'est vraiment curieux.

— Mais enfin, arrête de dire n'importe quoi ! Puisque je te dis qu'ils ne connaissent pas M. Rolland !

— Je dis juste ce que j'ai vu, réplique Claude qui commence à perdre patience. Et je suis sûre d'une chose : si notre professeur prétend qu'il n'a jamais rencontré ces deux hommes, il ment !

— Oh ! comment est-ce que tu peux dire une horreur pareille ! s'écrie Annie, au comble de l'indignation. Il faut donc toujours que tu dises du mal de M. Rolland !

— Chut ! taisez-vous ! ordonne soudain François. Il arrive !

— Nous n'avons vraiment pas eu de chance ? dit-il en entrant. Quel dommage de ne pas avoir pu trouver ce fameux passage. Mais aussi, nous n'avons pas été très malins de nous obstiner à tâter les boiseries de cette salle : elles sont beaucoup trop récentes par rapport au reste de la maison.

— Il ne faut plus y penser, monsieur, dit François tristement. Puisque nous avons visité tout le rez-de-chaussée sans rien découvrir, il n'y a plus d'espoir.

— Bah ! on verra bien.

Le professeur change brusquement de conversation et demande :

— Alors, François, que pensez-vous de ces artistes peintres qui sont à la ferme ? J'ai été très content de les rencontrer. Ils ont l'air très sympathiques et, j'aimerais beaucoup faire plus ample connaissance avec eux.

Claude pose sur M. Rolland un regard scandalisé. Comment peut-il proférer de tels mensonges d'une voix aussi naturelle ? Elle reste persuadée que c'était bien les pensionnaires de la ferme qui discutaient avec lui sur la lande. Alors, pourquoi les autres refusent-ils de la croire ? Claude est bien décidée à découvrir la vérité sur M. Rolland, et elle se jure d'y parvenir, coûte que coûte.

CHAPITRE 10

Une mauvaise surprise

Le lendemain matin, à neuf heures et demie, les enfants se mettent au travail sous la direction de M. Rolland, mais sans Dagobert, hélas !

Claude a bien failli refuser d'aller en cours. Mais à quoi bon ? Les grandes personnes ne lui donneront jamais raison... Elle se moque bien de ce qu'il pourrait lui arriver mais elle ne supporte pas l'idée que Dago soit puni à sa place. Elle vient donc s'asseoir sagement à côté de ses cousins, l'air résigné. Annie est là aussi, contente d'assister aux leçons et de manifester ainsi à M. Rolland la sympathie qu'elle éprouve pour lui.

Claude a décidé de ne pas faire de zèle : elle limitera ses efforts au strict minimum. Elle veut juste éviter d'être punie. Le reste importe peu.

D'ailleurs, M. Rolland semble ne plus s'intéresser à elle ni à son travail. Il s'occupe des garçons, leur fait des compliments et les encourage.

Tandis qu'ils travaillent, les enfants entendent les appels de Dago, exilé dans le jardin. Ils le plaignent de tout leur cœur. Ils aiment tant leur cher compagnon ! Il doit avoir l'impression d'être abandonné par ses amis et il doit avoir si froid dans sa niche, lui qui est habitué à passer le plus clair de son temps devant le feu...

À onze heures, M. Rolland donne dix minutes de récréation à ses élèves. Dès que ceux-ci sont seuls, François se tourne vers Claude et lui dit :

— C'est épouvantable d'entendre Dago se lamenter comme ça ! Et, je crois qu'il commence à tousser. Si tu veux, je vais essayer de convaincre M. Rolland. Je lui dirai que nous n'arrivons pas à travailler en sachant Dago dehors par le temps qu'il fait.

— Je l'ai entendu tousser, moi aussi, murmure la fillette, l'air soucieux. Pourvu qu'il ne s'enrhume pas ! Il ne doit sûrement pas comprendre pourquoi je l'ai mis à la niche. Je suis sûre qu'il pense que je n'ai pas de cœur !

En disant ces mots, Claude sent les larmes

lui monter aux yeux. Elle détourne la tête, ne voulant pas trahir son émotion. Elle qui se vante de ne jamais pleurer !

Mick prend sa cousine par l'épaule.

— Écoute, Claude, dit-il, je sais bien que tu détestes M. Rolland, et que ça ne risque pas de changer. Mais Dago ne peut pas rester dans sa niche par ce froid. S'il se met à neiger, ce sera encore plus terrible.

Il se tait un instant, puis continue fermement :

— Alors, j'ai une idée : il faudrait essayer de te tenir tranquille aujourd'hui. Ce soir, quand ton père demandera des nouvelles de la journée, M. Rolland pourra dire qu'il est content de toi. Et alors, nous lui demanderons de lever la punition de Dago. Qu'est-ce que tu en penses ?

À cet instant, le chien se met à tousser dans le jardin. Le cœur de Claude se serre : et si Dago attrapait une pneumonie ? Si elle perd son chien, elle en mourra de chagrin ! En un éclair, sa décision est prise.

— J'accepte, dit-elle à ses cousins. Je déteste M. Rolland, c'est vrai, mais je suis prête à tout pour sauver Dago : je vais essayer d'être aimable et de bien travailler. Comme ça, ce soir, vous pourrez plaider la cause de Dago.

— Génial ! s'écrie François. Tu vois quand tu veux ! Chut ! J'entends M. Rolland.

Le professeur vient s'asseoir auprès de ses élèves. À sa grande surprise, Claude lui adresse un sourire. M. Rolland est bien intrigué par cet accueil inattendu. Mais bientôt, il va de surprise en surprise. Claude s'est décidée à se mettre au travail avec encore plus d'ardeur que ses cousins, et quand le professeur l'interroge sur sa leçon, elle lui répond sans la moindre erreur. Impressionné, il tient à lui manifester sa satisfaction :

— Très bien, Claudine ! Excellentes réponses.

— Merci, monsieur, dit-elle en gratifiant le professeur d'un nouveau sourire, bien sûr un peu pâle comparé à ceux dont ses cousins ont l'habitude, mais tout de même un sourire.

Pendant le déjeuner, Claude multiplie les politesses à l'égard de M. Rolland, lui offrant la salière, la corbeille à pain, et bavardant avec lui. On croirait à la voir et à l'entendre que M. Rolland est son meilleur ami. Et pourtant... Les trois autres enfants la regardent avec admiration, conscients de ses efforts.

M. Rolland semble enchanté et fait tout son possible pour répondre aux amabilités de la fillette. Il lui raconte une histoire drôle, plai-

sante avec elle et propose finalement de lui prêter un livre sur les chiens qu'il a trouvé sur
l'étagère de la chambre qu'il occupe à la *Villa
des Mouettes*.

Mme Dorsel est elle aussi ravie de la bonne
humeur de sa fille.

« Enfin, les choses s'arrangent, pense-t-elle.
Claude a sans doute fini par comprendre à quel
point son attitude envers M. Rolland était ridicule. »

Dans l'après-midi, comme les enfants se
trouvent seuls un instant, François en profite
pour dire à sa cousine :

— Ce soir, quand tu entendras ton père
sortir de son bureau avant le dîner, monte vite
dans ta chambre. Il viendra sûrement demander à M. Rolland s'il est content de nous et
quand notre professeur lui dira comme tu as
bien travaillé, nous en profiterons pour parler de Dago. Mais, tu comprends, ce sera
beaucoup plus facile si tu n'es pas là à ce
moment.

— Tu as raison, acquiesce Claude. Il vaut
mieux que je ne sois pas là, en effet.

Que le temps lui semble long ! Elle a tellement hâte que cette terrible journée soit termi-
née ! C'est si pénible de faire semblant de bien
s'entendre avec cet affreux M. Rolland. Si ce

n'était pas pour Dago, elle n'aurait jamais joué une comédie pareille...

À dix-neuf heures, la porte du bureau de M. Dorsel s'ouvre. Claude s'esquive comme convenu. Quelques instants plus tard, son père pénètre dans le salon où les autres enfants tiennent compagnie à M. Rolland. M. Dorsel demande tout de suite au professeur :

— Alors, est-ce que vous êtes satisfait de vos élèves aujourd'hui ?

— Oui, monsieur, répond le maître sans la moindre hésitation. François a fait d'énormes progrès en géométrie ce matin. Mick m'a rendu un excellent devoir de latin, et Annie n'a pas fait une seule faute à sa dictée !

— Et Claude ? Comment a-t-elle travaillé ?

Le professeur la cherche des yeux.

— J'allais justement vous parler d'elle, reprend-il en souriant. Je suis très content : elle m'a donné entière satisfaction, encore plus que ses cousins. Tenue, travail, bonne volonté, tout a été parfait. J'ai vraiment l'impression qu'elle a décidé de changer d'attitude.

— Oncle Henri, si tu savais comme elle s'est donné du mal ! s'écrie François avec fougue. Et puis, elle est si malheureuse !

— Mais pourquoi ? demande M. Dorsel, surpris.

— À cause de Dagobert, répond le garçon. Le pauvre a passé toute la journée dehors. Et il tousse sans arrêt.

— S'il te plaît, oncle Henri, laisse-le revenir à la maison demain ! implore Annie.

— Oui, je t'en prie ! dit Mick à son tour. Tu sais, Claude n'est pas la seule à avoir de la peine : on est tous aussi malheureux qu'elle en entendant Dago pleurer dans sa niche. Et puis, elle a été si sage et elle a si bien travaillé, ça mérite peut-être une récompense.

M. Dorsel hésite avant de répondre. Il observe les trois visages anxieux levés vers lui qui guettent sa décision.

— Bon, concède-t-il au bout d'un instant, je ne sais vraiment pas quoi dire. Bien sûr, si Claude tient ses bonnes résolutions et s'il commence à faire vraiment froid dehors, je pourrai peut-être...

Tout en parlant, il regarde le professeur avec insistance, dans l'espoir que celui-ci soutienne les enfants et intervienne à son tour en faveur de Dagobert. Mais M. Rolland reste silencieux et semble même un peu contrarié. M. Dorsel se tait, gêné par ce mutisme.

— Et vous, monsieur, qu'en pensez-vous ? reprend-il brusquement.

— Je pense qu'il vaut mieux laisser le chien

dans sa niche, déclare le professeur. Claude se conduit comme une enfant gâtée, un peu de sévérité lui fera le plus grand bien. Ce n'est pas le moment de céder, monsieur. Ce serait trop facile s'il suffisait d'être sage une fois pour échapper à une punition !

Les trois enfants écoutent avec stupeur. L'idée ne les a pas effleurés un seul instant que M. Rolland pourrait s'acharner autant contre leur cousine.

— Oh ! pourquoi êtes-vous si méchant ? s'écrie Annie d'une voix tremblante.

Le professeur ne tourne même pas la tête vers elle. Les lèvres pincées, il regarde le père de Claude droit dans les yeux.

— Dans ces conditions, dit alors M. Dorsel, nous verrons comment Claude se comporte jusqu'à la fin de la semaine. Il est peut-être un peu trop tôt pour savoir si elle a vraiment changé d'attitude !

Les enfants osent à peine regarder leur oncle, tant ils ont honte de découvrir sa faiblesse devant M. Rolland et son manque d'indulgence pour sa propre fille.

— C'est une sage décision, approuve le professeur. Nous en reparlerons si Claudine me donne entière satisfaction cette semaine.

— Très bien, dit M. Dorsel.

Puis, se tournant vers M. Rolland, il ajoute :

— Vous viendrez dans mon bureau quand vous aurez une minute ? J'ai presque terminé mon travail, et je viens d'aboutir à une conclusion extrêmement intéressante. J'aimerais bien en discuter avec vous...

La porte du salon refermée, les enfants se regardent en silence. Pourquoi donc M. Rolland a-t-il dissuadé leur oncle de libérer le pauvre Dago ! La réprobation qui se lit sur leurs visages n'échappe pas au professeur.

— Je suis désolée de vous avoir déçus, dit-il au bout d'un moment. Mais si vous aviez été mordus et malmenés par Dagobert comme moi, vous n'auriez certainement aucune envie de vous retrouver en sa compagnie !

Il sort à son tour, laissant les enfants consternés. Que vont-ils dire à Claude ? Ils n'ont même pas le temps d'en discuter car ils l'entendent déjà descendre l'escalier quatre à quatre. Elle entre dans le salon en trombe... et s'arrête net en voyant l'air embarrassé de ses cousins.

— Pourquoi est-ce que vous faites cette tête ? s'écrie-t-elle. C'est à cause de Dago ? Dites-moi ce qu'il se passe !

Alors, François lui raconte la scène qui vient de se dérouler. Claude écoute, frémissante, les yeux pleins de colère.

— Cet homme n'est qu'un monstre, lance-t-elle avec rage. Et je le déteste ! Mais il va me le payer ! Je vous le jure !

En disant ces mots, elle s'enfuit de la pièce. On l'entend traverser le couloir en courant et arracher un vêtement au portemanteau. Puis la porte d'entrée s'ouvre et se referme avec fracas.

— Je parie qu'elle est allée consoler Dago, murmure François. La pauvre !

Cette nuit-là, Claude n'arrive pas à s'endormir. Elle n'arrête pas de se retourner dans son lit et de se redresser brusquement, pour prêter l'oreille. De temps à autre, Dago se met à gémir ou à tousser.

« Je suis sûre qu'il a froid, se dit Claude. Pourtant, j'ai rempli sa niche de paille et je l'ai tournée à l'abri du vent, mais il fait un temps glacial cette nuit ! Dago doit être si malheureux, lui qui aime tant dormir sur mon édredon, le pauvre ! »

Tout à coup, le chien est pris d'une toux si rauque que Claude n'y tient plus.

« Il faut absolument que je le fasse rentrer, décide-t-elle. Je le frictionnerai avec la pommade dont maman se sert quand elle a pris froid. Ça lui fera sûrement du bien... »

Elle enfile rapidement ses vêtements et sort

de sa chambre à pas de loup. Tout est tranquille dans la maison. Elle descend l'escalier, ouvre la porte de la maison sans bruit et court jusqu'à la niche de Dago. Le chien l'accueille joyeusement et lui passe de grands coups de langue sur la figure.

— Viens te chauffer à l'intérieur, mon pauvre toutou, murmure Claude en détachant la chaîne de l'animal. Je vais te soigner.

Elle emmène Dagobert dans la cuisine mais le feu est éteint. Claude fait alors le tour des autres pièces afin de trouver un peu de chaleur. Dans le bureau de M. Dorsel, quelques bûches rougeoient encore au fond de la cheminée.

La petite fille s'installe devant le feu avec son chien, sans prendre la peine d'allumer la lumière, car la lueur des braises éclaire suffisamment. Puis elle débouche le petit tube de crème qu'elle est allée chercher dans l'armoire à pharmacie et se met à frictionner la poitrine de Dago.

— Surtout, Dago, ne tousse pas, murmure-t-elle ou tu vas réveiller quelqu'un. Voilà, c'est fini. Maintenant, couche-toi bien au chaud. Tu verras, demain, ton rhume ira mieux.

Dago s'étend sur le tapis avec délices. Il est tellement heureux d'avoir quitté sa niche et de se retrouver auprès de sa maîtresse bien-aimée !

Il pose la tête sur les genoux de Claude et ferme les yeux tandis qu'elle le caresse en lui parlant à voix basse. Quelques petites flammes continuent de danser sur les bûches, et se reflètent sur les tubes de verre et sur les instruments bizarres alignés sur les étagères. Soudain, l'une des bûches glisse et se brise en libérant mille étincelles. Le calme revient. Dans la pénombre de la pièce où une douce tiédeur règne, Claude commence à somnoler. Dago s'est endormi, heureux...

Lorsque Claude se réveille, le feu est mort. Elle frissonne. Sur la cheminée, la pendule se met à sonner. Six heures ! Claude bondit. Maria ne va pas tarder à descendre, il faut qu'elle se dépêche.

— Vite, Dago, je vais te ramener à ta niche, souffle Claude à l'oreille de son ami. Tu vois, ça va mieux, tu ne tousses plus. Et maintenant, attention... Surtout, pas de bruit !

Quelques instants plus tard, Dago se retrouve au bout de sa chaîne, blotti dans la paille. Claude soupire.

— Désolée, Dago, je ne peux pas rester avec toi, il faut que je retourne au lit.

Vite, elle lui donne une petite caresse et rentre en toute hâte.

Elle regagne sa chambre sans problème et se

remet au lit. Elle a tellement froid et tellement sommeil qu'elle en oublie d'enlever ses vêtements, et s'endort aussitôt.

À son réveil, Annie est stupéfaite de s'apercevoir que sa cousine s'est couchée tout habillée !

— Je rêve ou quoi ? s'écrie-t-elle. Je t'ai pourtant bien vue te déshabiller hier soir !

— Chut ! dit Claude avec empressement. Je me suis relevée pour faire rentrer Dagobert. On est allé dans le bureau où il y avait encore du feu, et je l'ai frictionné avec de la pommade. Mais surtout, pas un mot. Jure-le !

Annie promet.

« Décidément, songe-t-elle, Claude est vraiment téméraire. Ce n'est pas moi qui oserais me promener toute seule en pleine nuit ! »

CHAPITRE 11

Un mystère

Après le petit déjeuner, François s'approche de sa cousine et lui dit :

— Claude, je t'en prie, essaie de ne pas te montrer trop désagréable aujourd'hui. Ça ne servira qu'à t'attirer de nouveaux ennuis.

— Si tu crois que je vais faire des efforts pour être aimable avec M. Rolland, alors que je sais parfaitement que ça ne servira à rien, tu rêves !

— Mais enfin, puisque oncle Henri a promis qu'à la fin de la semaine...

— Et tu y crois ? l'interrompt Claude. Moi, je suis sûre qu'à ce moment-là, M. Rolland va encore conseiller à papa de ne pas céder, même si j'ai sué sang et eau pour faire plaisir à tout le monde. Il déteste Dago et moi, n'en parlons pas...

— Claude, c'est horrible, gémit Annie. Si tu continues à bouder comme ça, tu vas gâcher toutes nos vacances !

— Eh bien, tant pis ! réplique Claude, l'air sombre.

— C'est sympa pour les autres ! proteste Mick. Si tu veux gâcher tes vacances, c'est ton problème, mais tu pourrais au moins penser aux autres !

— De quoi tu t'inquiètes ? répond Claude durement. Personne ne t'empêche de t'amuser : pourquoi tu ne vas pas tenir compagnie à M. Rolland puisque tu l'aimes tant ? Va te promener, joue aux cartes, bavarde avec lui, tu peux faire ce que tu veux : je n'ai pas besoin de toi !

Le garçon pousse un soupir.

— Ce que tu peux être pénible ! murmure-t-il. Tu sais bien que nous t'aimons beaucoup et que nous sommes tristes de te voir malheureuse. Alors, comment veux-tu que nous passions de bonnes vacances dans ces conditions ?

— Vous n'avez qu'à faire comme si je n'étais pas là, dit Claude dont la voix s'est mise à trembler. Travaillez bien, et à tout à l'heure : moi je vais me promener avec Dago. Je ne vais pas en cours ce matin !

— Non ! s'exclament Mick et François d'une seule voix.

— C'est décidé : je n'assisterai pas à une seule leçon tant que M. Rolland laissera Dago à la niche.

— Tu sais bien que tu ne peux pas faire ça ! riposte François. Tu imagines la réaction d'oncle Henri ?...

Claude devient toute pâle.

— S'il me punit, je me sauverai de la maison avec Dago ! jure-t-elle entre ses dents.

Elle tourne les talons et sort de la pièce en claquant la porte derrière elle. Ses cousins restent cloués sur place.

La demie de neuf heures sonne. M. Rolland entre dans le salon, ses livres à la main.

— Tout le monde est prêt ? dit-il en souriant. Tiens, où est votre cousine ?

Personne ne répond, pour ne pas trahir Claude.

— Est-ce que tu sais où elle est ? demande le professeur en regardant François.

— Non, monsieur, répond le garçon, sans mentir. Je n'en ai pas la moindre idée.

— Nous allons commencer sans elle. J'espère qu'elle ne va pas tarder. Elle a dû aller donner sa pâtée à Dagobert.

Les enfants se mettent au travail. Les minutes passent mais Claude ne se montre pas.

Le professeur regarde la pendule et frappe du poing sur la table avec impatience.

— Ce retard est inadmissible, déclare-t-il. Annie, va chercher ta cousine, s'il te plaît.

La fillette sort, monte au premier étage, fait le tour des chambres. Personne... Elle se dirige alors vers la cuisine. Maria sort justement des gâteaux du four. Elle en offre un à Annie mais ne peut pas l'aider. Elle n'a aucune idée de l'endroit où se trouve Claude. La petite fille revient au salon, bredouille. M. Rolland est furieux.

— Je vais prévenir M. Dorsel, grommelle-t-il. Je n'ai jamais vu une élève aussi indisciplinée qu'elle. On dirait vraiment qu'elle s'amuse à faire bêtise sur bêtise !

À la récréation, François court dans le jardin. La niche est vide... Ainsi, Claude a tenu parole : en ce moment, elle se promène sans doute avec Dagobert. Mais que se passera-t-il quand elle reviendra ?

Après la pause, les enfants se replongent dans leur travail avec sérieux jusqu'à ce que, tout à coup, M. Dorsel surgisse brusquement dans le salon, le visage tendu et l'air soucieux.

— Est-ce que l'un d'entre vous est entré

dans mon bureau ? demande-t-il, s'adressant à ses neveux.

— Non, oncle Henri, répondent-ils en chœur.

— Nous n'y allons jamais, tu nous l'as interdit, dit François.

— Qu'est-ce qui se passe, monsieur ? questionne M. Rolland. On a touché à quelque chose ?

— Quelqu'un a renversé le matériel que j'avais préparé hier pour une nouvelle expérience : tout est cassé. Mais ce n'est pas le plus grave : les trois pages les plus importantes de mon manuscrit ont disparu. Il me faudra des semaines pour les reconstituer ! Je n'arrive pas à comprendre ce qui s'est passé. Bon, les enfants, vous êtes bien sûrs de n'avoir touché à rien ?

— Oncle Henri, je te jure qu'on n'a pas mis les pieds dans ton bureau, assure François, soutenu par Mick et Annie.

Mais son frère a à peine prononcé ces mots que la petite fille rougit violemment. Elle vient de se rappeler les confidences de Claude. Elle sait que sa cousine a passé la moitié de la nuit dans le bureau avec Dagobert. Mais, Annie se rassure vite : Claude ne toucherait jamais aux appareils de son père ; et puis pourquoi aurait-elle pris ces papiers ?

Cependant, M. Rolland observe la fillette avec attention.

— Annie, est-ce que tu sais quelque chose ? demande-t-il brusquement.

— Non, non, monsieur, balbutie-t-elle, l'air embarrassé.

— Tiens, mais où est Claude ? dit M. Dorsel, remarquant tout à coup l'absence de sa fille.

Comme les enfants restent silencieux, le professeur répond :

— Nous ne savons pas. On ne l'a pas vue de la matinée.

— Pardon ? Et on peut savoir ce qu'elle fait ?

— Je n'en sais pas plus que vous, déclare M. Rolland. Mais je suis persuadé qu'elle n'a pas accepté la décision que nous avons prise à son sujet hier soir.

— Quelle peste ! s'exclame M. Dorsel. Mais pourquoi est-elle aussi insupportable ? Depuis quelques jours, elle est franchement intenable !

À cet instant, Mme Dorsel apparaît sur le seuil de la porte, l'air préoccupé, elle aussi. Elle tient dans la main un petit tube, ce qui intrigue les enfants.

— Cécile, tu savais que Claude n'était pas allée en cours ce matin ? demande M. Dorsel.

La jeune femme regarde son mari, stupéfaite.

— Comment ? répète-t-elle. Tu plaisantes... où est-elle ?

— Je crois que ce n'est pas la peine de s'inquiéter, intervient M. Rolland. Elle est probablement allée se promener avec Dagobert. Elle doit encore être de mauvaise humeur.

Puis, se tournant vers M. Dorsel, il ajoute :

— En revanche, le fait que vos travaux aient disparu est une catastrophe. J'espère que Claude n'a rien à voir avec cette histoire, mais elle serait bien capable d'avoir agi ainsi pour se venger.

— Ce n'est pas vrai, s'exclame Mick, indigné qu'on puisse accuser sa cousine aussi injustement.

— Non, Claude n'aurait jamais fait une chose pareille, j'en suis sûr, appuie François.

— Et moi aussi ! s'écrie Annie, résolue à soutenir la cause de l'absente coûte que coûte, même si elle ne peut s'empêcher d'avoir des doutes, sachant que sa cousine était dans le bureau cette nuit.

— Non, Henri, c'est impossible, dit enfin Mme Dorsel. Je sais que Claude ne songerait même pas à commettre un acte aussi odieux. Tu as peut-être mal rangé les feuillets de ton manuscrit. Et pour tes appareils, c'est sûrement un coup de vent qui les a fait tomber, à moins que ce ne soit un chat qui se soit faufilé par la fenêtre. Quand est-ce que tu as vu ces papiers pour la dernière fois ?

— Hier soir. Je les ai relus en vérifiant tous les calculs. C'est la base même de mes conclusions. Les résultats sont d'une importance capitale et si des gens mal intentionnés tombent dessus, ils pourraient me voler mon secret. Voilà pourquoi il faut absolument que je les retrouve !

— Regarde ce que je viens de trouver dans ton bureau, par terre devant la cheminée, dit tante Cécile en montrant le petit tube qu'elle tient dans la main. C'est toi qui l'as laissé là ?

Étonné, M. Dorsel prend la pommade et l'examine.

— Bien sûr que non ! s'exclame-t-il. Qu'est-ce que tu veux que j'en fasse ?

— Alors, je me demande qui l'a apportée, murmure tante Cécile. Ce tube n'est pas arrivé dans ton bureau tout seul.

Tout le monde est perplexe. Seule Annie pourrait répondre. Elle s'en rend compte brutalement en se souvenant des paroles de Claude le matin même. Ce baume est sûrement celui dont elle s'est servie pour frictionner Dago. Et elle a oublié de le remettre en place.

« Que va-t-il se passer maintenant ? » se dit Annie

Elle ne peut détacher son regard du tube que tient M. Dorsel, et elle sent le rouge lui monter aux joues. M. Rolland, dont les yeux semblent encore plus perçants que d'habitude, ne tarde pas à remarquer le trouble de la petite fille.

— Annie, je suis sûr que tu sais quelque chose, dit-il brusquement. C'est toi qui as apporté ce tube dans le bureau ?

— Non, monsieur, ce n'est pas moi, répond la fillette d'une voix mal assurée. Je vous ai dit que je n'étais pas allée dans la pièce.

— Mais alors, qui s'est servi de cette pommade ? Allons, ne te fais pas prier !

Tous les regards sont maintenant fixés sur Annie. Bien que très angoissée, elle tient tête courageusement.

« Il ne faut pas que je trahisse Claude. Elle va déjà se faire suffisamment gronder pour son absence de ce matin... »

M. Rolland s'approche d'Annie.

— Tu vas te décider à répondre, oui ou non ? reprend-il durement.

— Allez, ma chérie, la prie tante Cécile, dis-nous ce que tu sais. Cela nous aidera peut-être à retrouver les papiers de ton oncle, et tu sais que c'est très important !

Annie se tait. Ses deux frères la regardent avec stupeur, commençant à soupçonner que leur cousine est en cause. Bientôt les yeux d'Annie se remplissent de larmes. François s'en aperçoit et la prend doucement par le bras.

— Laissez-la tranquille, dit-il en se tournant vers les adultes. Si elle ne veut rien dire, c'est qu'elle a ses raisons.

— Je crois surtout qu'elle cherche à couvrir sa cousine, rétorque M. Rolland. Je me trompe, Annie ?

Pour toute réponse, la petite fille éclate en sanglots. Ému, François la serre contre lui et s'adresse au professeur :

— Enfin, monsieur, vous allez la laisser ? s'écrie-t-il. Vous ne voyez pas qu'elle est bouleversée !

— D'accord, nous interrogerons Claude quand elle se décidera à revenir.

Et M. Rolland poursuit d'une voix sèche :

— Je suis persuadé qu'elle sait très bien comment ce tube est arrivé jusqu'ici et si c'est elle qui l'a apporté, cela veut dire qu'elle est la seule personne à être entrée dans la pièce.

Les garçons ne songent pas un seul instant à soupçonner Claude d'avoir voulu détruire le travail de son père. Mais Annie n'en est plus si sûre et elle pleure à chaudes larmes dans les bras de François.

— Quand votre cousine rentrera, envoyez-la dans mon bureau, dit M. Dorsel, excédé. Comment veut-on que je travaille dans une atmosphère pareille ! Ah, quelle idée nous avons eu de prendre tous ces enfants à la maison !

Il sort à grands pas, l'air plus sévère que jamais. Les enfants le voient partir avec soulagement.

M. Rolland referme ses livres avec un bruit sec.

— Les leçons sont terminées pour aujourd'hui, déclare-t-il. Allez faire un tour jusqu'au déjeuner.

— Excellente idée, approuve Mme Dorsel, s'efforçant de sourire malgré son anxiété.

Elle quitte la pièce à son tour, bientôt suivie par le professeur. Dès que celui-ci a disparu, François se penche vers Mick et Annie et leur souffle :

— Si M. Rolland s'imagine qu'il va se promener avec nous, il se trompe. Il faut absolument s'en débarrasser et essayer de trouver Claude pour l'avertir de ce qui l'attend !

— C'est vrai, dit Mick. Allez Annie, sèche tes larmes, et dépêche-toi d'aller chercher ton manteau. Nous allons filer par le jardin. Claude

est certainement sur la falaise. C'est toujours
là qu'elle va quand elle est triste.

Aussitôt dit, aussitôt fait. Les enfants
s'échappent par la porte du jardin et s'enfuient
sur la lande avant que personne n'ait eu le
temps de s'en apercevoir. Ils viennent de s'engager sur le chemin de la falaise quand François étend le bras et s'écrie :

— La voilà ! Avec Dagobert...

Les trois enfants se mettent à courir comme
des fous en appelant leur cousine :

— Claude ! On a quelque chose à te dire !

CHAPITRE 12

Claude a une idée

— Qu'est-ce qu'il y a ? demande Claude quand ses cousins l'ont rejointe. Il s'est passé quelque chose à la maison ?

— Oui. Des papiers de ton père ont disparu dans son bureau, les trois pages les plus importantes de son manuscrit, explique François, haletant.

— Et des appareils ont été cassés, ajoute Mick. Et M. Rolland t'accuse d'y être pour quelque chose.

— Le monstre ! s'exclame Claude.

Un éclair de colère passe dans ses yeux.

— Comme si j'étais capable d'une chose pareille ! Et pourquoi m'accuse-t-il d'abord ?

— Parce que tu as laissé le tube de pommade dans le bureau ! répond Annie. Je n'ai rien dit de ce que tu m'avais raconté, bien sûr, mais M. Rolland a quand même deviné...

— Tu n'as pas mis les garçons au courant ? demande Claude en voyant l'air ébahi de Mick et de François. Je vais vous raconter, continue-t-elle, s'adressant aux deux garçons : vers une heure du matin, comme Dago toussait à fendre l'âme, je me suis levée pour le faire entrer dans la maison. Nous nous sommes installés dans le bureau où il y avait encore du feu, et là je l'ai frictionné avec le baume de maman. Après, je me suis endormie à côté de lui. Je ne me suis réveillée qu'à six heures, et j'avais encore tellement sommeil que j'ai oublié de remettre le tube à sa place. C'est tout.

— Alors, tu n'as touché à rien ? Ni aux papiers d'oncle Henri, ni à ses instruments ? demande vivement Annie.

Claude la regarde, indignée.

— Bien sûr que non ! s'exclame-t-elle. Pour qui tu me prends ?

Claude ne ment jamais, et ses cousins savent qu'ils peuvent la croire sur parole.

— Mais alors, murmure Mick, qui est entré dans le bureau ?

François hausse les épaules.

— Oh ! tu sais, dit-il, ça ne m'étonnerait pas qu'oncle Henri ait tout bêtement perdu ses papiers. Il les retrouvera sans doute au moment où il s'y attendra le moins. Quant à ses tubes à essai, ils ont dû dégringoler tout seuls : ça n'a jamais l'air bien d'aplomb, ces machins-là.

— N'empêche que ça va être ma fête en arrivant à la maison ! observe Claude, l'air sombre. J'ai osé faire entrer Dago dans le bureau de papa, quel drame...

— Et tu as séché les cours de ce matin, ajoute Mick. C'est malin, tu n'en rates vraiment pas une en ce moment !

— Dis, Claude, suggère François, tu ne crois pas qu'il vaudrait mieux attendre qu'oncle Henri soit un peu calmé avant de rentrer ?

— Non, réplique-t-elle aussitôt. Je n'ai pas peur, je saurai me défendre.

Elle part en direction des *Mouettes*, escortée par Dago qui bondit à ses côtés, comme à son habitude.

Ses cousins la suivent, trop inquiets pour penser à continuer la balade. M. Rolland, qui guette à la fenêtre du salon, les voit arriver. Il vient ouvrir la porte d'entrée, et jette à Claude un regard sévère.

— Ton père t'attend dans son bureau, dit-il.

Puis il ajoute d'un ton contrarié, en se tournant vers les autres enfants :

— Pourquoi est-ce que vous êtes sortis sans moi ? Je voulais vous accompagner.

François, gêné, baisse les yeux.

— Excusez-nous, monsieur, nous ne savions pas, murmure-t-il. Nous n'avons fait qu'un petit tour sur la falaise.

M. Rolland n'insiste pas, mais, s'approchant de Claude qui se débarrasse de son manteau dans le couloir, il lui demande :

— Claudine, tu es entrée dans le bureau hier soir ?

— Je répondrai aux questions de mon père, pas aux vôtres, réplique Claude sans le regarder.

Le professeur devient soudain très pâle.

— Ce qu'il te faudrait, ma petite, dit-il d'une voix sifflante, c'est une bonne fessée, et si j'étais ton père, ça fait bien longtemps que tu l'aurais reçue !

— Sans doute mais heureusement, vous n'êtes pas mon père ! réplique Claude avec insolence.

Elle pousse la porte du bureau. La pièce est vide.

— Tiens, il n'y a personne, murmure-t-elle.

— Ton père sera là dans une minute. Attends-le ici, ordonne M. Rolland. Et vous, continue-t-il en s'adressant à Annie et à ses frères, allez vous laver les mains pour le déjeuner.

Les trois enfants obéissent tristement. Ils ont l'impression d'être lâches en abandonnant leur cousine comme cela. Ils entendent Dago gémir dans le jardin. Lui aussi sait que sa jeune maîtresse a des problèmes et il voudrait tellement être à ses côtés !

Claude s'assied sur une chaise et se met à réfléchir en contemplant le feu dans la cheminée. Elle se revoit à ce même endroit, la nuit précédente, en train de frictionner Dago. Comment a-elle pu être assez étourdie pour oublier le tube ?

M. Dorsel ne tarde pas à rejoindre Claude. Il entre, les sourcils froncés, et, tout de suite, il plonge son regard dans celui de sa fille.

— Est-ce que tu es venue ici hier soir ? demande-t-il sans préambule.

— Oui, papa.

— Pour quoi faire ? Tu sais pourtant très bien que tu n'as pas le droit d'entrer dans cette pièce.

— Oui, papa, je sais. Mais il faut que je t'explique : comme Dago toussait sans arrêt, je suis descendue pour le mettre à l'abri. Il était à peu près une heure du matin. Tous les feux étaient éteints, sauf ici. Alors, je me suis installée sur le tapis avec Dago et je l'ai frictionné avec la pommade que j'ai prise dans l'armoire à pharmacie.

M. Dorsel lève les bras au ciel.

— Mais tu es complètement folle, ma pauvre enfant, s'exclame-t-il. Frictionner un chien avec de la pommade. C'est absurde !

— Je ne suis pas d'accord avec toi, papa, dit Claude. Depuis, Dagobert tousse beaucoup moins.

Elle hésite légèrement, puis continue :

— N'empêche que je regrette de t'avoir désobéi. Je te demande pardon, papa.

M. Dorsel ne quitte pas sa fille des yeux.

— Écoute, Claude, reprend-il, il s'est passé quelque chose de très grave ici : quelqu'un a cassé des appareils que j'avais préparés pour faire une expérience très importante et trois feuillets de mon manuscrit ont disparu. Est-ce que tu peux me donner ta parole d'honneur que ce n'est pas toi qui as fait cela ?

— Papa, je te le jure ! répond la fillette sans la moindre hésitation.

Son regard étincelant croise celui de son père. M. Dorsel sonde les yeux clairs de sa fille. Il n'y voit pas une ombre... Il n'y a plus de doute à avoir, Claude dit bien la vérité.

« Mais alors, se demande M. Dorsel, où sont passés mes papiers ? »

— Quand je suis monté me coucher, hier soir, vers onze heures, reprend-il comme s'il se parlait à lui-même, tout était en ordre. J'ai relu ces trois pages si importantes avant de les glisser dans mon tiroir. Ce matin, elles avaient disparu.

— Ça veut dire que quelqu'un les a prises entre onze heures et une heure du matin, conclut Claude, puisque je suis venue ici vers cette heure-là et que je n'ai pas bougé jusqu'au matin.

— Mais enfin, qui a pu prendre mes papiers ? La fenêtre était fermée, je crois et puis, j'étais le seul à connaître l'importance de ces documents. C'est inimaginable !

— M. Rolland aussi savait, dit Claude lentement.

— Ne dis pas de bêtises, s'il te plaît ! coupe M. Dorsel. Même s'il a conscience de l'importance de mon manuscrit, ce n'est certainement pas lui qui l'a pris : M. Rolland est au-dessus de tout soupçon. Mais au fait, Claude, pourquoi est-ce que tu as manqué tes leçons ce matin ?

— Je ne veux plus travailler avec M. Rolland. Je le déteste...

— Ça suffit, tu vas arrêter ces caprices maintenant ? Et si tu t'obstines, tu pourras dire au revoir à Dagobert. Et cette fois, ce sera pour de bon.

Claude sent ses genoux se dérober sous elle.

— Ce n'est pas juste ! s'écrie-t-elle. Tu me menaces toujours de m'enlever Dagobert pour me forcer à obéir quand je n'en ai pas envie.

Sa gorge se serre, et elle achève d'une voix étranglée :

— Si tu fais ça, papa, je partirai !

Assise bien droite sur sa chaise, Claude regarde son père d'un air de défi.

M. Dorsel soupire. Claude peut être si pénible ! Il est vrai que lui-même n'a pas toujours bon caractère. Sa fille doit tenir un peu de lui... Mais, depuis quelques jours, elle est franchement odieuse, et pourtant elle sait être tellement affectueuse et gentille quand elle le veut.

Il se dirige vers la porte et, avant de sortir, se retourne vers sa fille.

— Attends-moi ici, dit-il. Je veux parler à ta mère.

— Oh ! papa, je t'en prie, ne parle pas de moi avec M. Rolland ! s'écrie Claude, redoutant la sévérité du maître.

Et elle poursuit :

— Tu ne crois pas que, si Dagobert avait dormi dans ma chambre comme d'habitude hier soir, on n'aurait jamais pu voler tes papiers ? Au moindre bruit, il aurait réveillé toute la maison !

M. Dorsel sort de la pièce sans répondre. Il sait que Claude a raison...

« C'est bizarre tout de même ! songe le père de Claude tout à coup. Pourquoi est-ce que Dago n'a pas aboyé si quelqu'un est venu rôder autour de la maison cette nuit ? Bah, sa niche est de l'autre côté du jardin, il n'a rien dû entendre. »

Claude reste seule. Machinalement, elle lève les yeux vers la pendule placée sur la cheminée.

« J'en ai assez, se dit-elle en écoutant le tic-tac régulier. Depuis hier, tout va mal. »

Elle se met à contempler le lambris au-dessus de la cheminée et s'amuse à compter les panneaux de la boiserie.

« Tiens, il y en a huit, se dit-elle. Ça me rappelle quelque chose. Mais oui, c'est à propos du passage secret ! »

Et Claude revoit le document, avec le dessin qui y figurait. Dommage qu'Annie et les garçons n'aient rien découvert d'intéressant à la ferme !

Elle jette un coup d'œil par la fenêtre.

« De quel côté donne cette pièce déjà ? » se demande-t-elle.

Soudain, Claude se souvient que le soleil n'entre dans le bureau que tôt le matin. La pièce

est donc orientée à l'est... et il y a huit panneaux sur la boiserie au-dessus de la cheminée.

« Et par terre ? poursuit Claude dans sa tête,
est-ce qu'il y a du parquet ou du carrelage ? »

Un épais tapis recouvre toute la surface de
la pièce. Claude se lève et, s'approchant du
mur, soulève le tapis. Le sol apparaît : c'est un
dallage de pierre ! Elle s'efforce ensuite de se
remémorer le dessin du grimoire. Un des huit
carrés était marqué d'une croix, mais lequel ?
Et puis à quoi bon penser à tout cela : l'entrée
du passage secret se trouve à la ferme, pas aux
Mouettes.

À moins que... Après tout, ils ont découvert
le grimoire à la ferme de Kernach, mais cela
ne signifie pas que le chemin secret part de là.
Mme Guillou en semble persuadée, mais qu'en
sait-elle au juste ?

L'imagination de Claude commence à aller
bon train.

« Il faut absolument que j'examine ces huit
panneaux, puisque je n'arrive pas à me souve-
nir sur lequel il faut appuyer, décide-t-elle soudain. Qui sait ? L'un d'eux va peut-être glisser
sous mes doigts ou bien s'enfoncer dans le
mur. »

Mais lorsqu'elle se lève pour mettre son plan
à exécution, M. Dorsel revient dans la pièce.

— Ta mère est d'accord avec moi, dit-il. Tu mérites une punition pour ta désobéissance et ton insolence.

Claude regarde son père avec anxiété.

« Pourvu qu'il ne soit pas question de Dago ! » se dit-elle.

— Tu vas monter dans ta chambre tout de suite, et tu y passeras le reste de la journée, annonce M. Dorsel. Quant à Dago, tu ne pourras pas le voir pendant trois jours. Ce n'est pas la peine de t'inquiéter à son sujet : je vais demander à François de lui donner sa pâtée et de le promener. Maintenant, je te préviens que, si tu ne changes pas d'attitude, nous nous débarrasserons de Dago. Je suis sûre que cet animal a une mauvaise influence sur toi !

— Ce n'est pas vrai ! s'écrie Claude, bouleversée. Le pauvre... Il va être si malheureux sans moi !

— C'est tout ce que j'ai à dire, tranche M. Dorsel. Va dans ta chambre et réfléchis un peu à ce que je viens de te dire ! Tu me déçois beaucoup, j'espérais que tu serais sage avec tes cousins à la maison mais en fait, tu deviens chaque jour plus insupportable !

Il ouvre la porte et fait sortir sa fille. Celle-ci passe devant lui, la tête haute, et se dirige vers l'escalier qui monte au premier étage. Un bruit de voix provient de la salle à manger ; Annie, Mick et François déjeunent en compagnie de Mme Dorsel et de M. Rolland.

Dès que Claude est dans sa chambre, elle se couche sur son lit, hantée par la pensée de ne plus voir Dagobert. Elle aime tant son chien !

Bientôt, Maria frappe à la porte. Elle apporte un plateau garni pour le déjeuner de Claude.

— Je suis désolée pour toi, ma petite Claude, dit-elle. Mais si tu es bien sage et si tu prends de bonnes résolutions, tu pourras vite descendre rejoindre tes cousins !

C'est à peine si Claude touche à son déjeuner. Elle dépose vite le plateau sur sa table de chevet et se rallonge sur son lit. Les huit panneaux de chêne qu'elle a vus dans le bureau lui reviennent en mémoire. Et si c'était ceux dont parlait le document ? Perdue dans ses réflexions, elle laisse son regard vagabonder vers la fenêtre. Tout à coup, elle s'assied, en poussant un cri de surprise.

— Mais il neige ! Et à gros flocons en plus s'écrie-t-elle. Je parie que ce soir tout sera recouvert. Que va devenir mon pauvre Dago par ce temps ? Pourvu que François pense à tourner sa niche à l'abri du vent !

Claude a tout le temps de réfléchir : personne

ne vient la voir, à part Maria, qui reprend le plateau du déjeuner.

Elle n'en est qu'à moitié surprise car elle soupçonne que l'on a interdit à ses cousins de la voir.

Seule, Claude se remet à penser à ces trois feuillets qui manquent au manuscrit de son père. Elle se demande si M. Rolland ne serait pas dans le coup. Après tout, il a l'air de s'intéresser de près aux travaux de M. Dorsel et semble tout à fait capable d'en évaluer l'importance. De plus, celui qui a volé les pages savait de toute évidence lesquelles étaient indispensables. Et Dago aurait sûrement aboyé si quelqu'un était entré dans la maison en passant par une fenêtre.

« Non, conclut Claude. Celui qui a fait ça n'est pas venu de l'extérieur, il était dans la maison. Comme ce n'est aucun de nous quatre, et que ça ne peut être ni maman ni Maria, il ne reste que M. Rolland... Je l'ai bien surpris en train de rôder dans le bureau, l'autre nuit, quand Dago m'a réveillée. »

C'est alors qu'une idée fulgurante traverse l'esprit de Claude :

« Mais bien sûr ! Je parie que M. Rolland a fait mettre Dago à la niche pour pouvoir fouiller dans le bureau de papa sans être dérangé ! Il a eu peur que mon chien n'aboie. Quand je pense à son insistance pour empêcher papa de laisser Dago revenir. Je comprends maintenant : le voleur, c'est lui ! »

Elle tremble d'indignation. Ainsi, ce maudit professeur a osé voler les papiers de son père et démolir le matériel de sa prochaine expérience. Claude a hâte de revoir ses cousins pour leur faire part de ses réflexions ! Il va falloir agir, et vite...

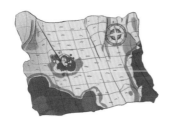

CHAPITRE 13

François fait une découverte

Pendant que Claude raisonne ainsi, ses cousins se morfondent. Eux aussi sont punis puisqu'on leur a défendu de monter voir Claude.

— Un peu de solitude lui fera du bien, a dit l'oncle Henri. Ça va la faire réfléchir.

Après le déjeuner, les trois enfants se réunissent dans le salon, désœuvrés, incapables de détourner leurs pensées de leur cousine. Le temps doit lui sembler bien long, à elle aussi.

— Pauvre Claude ! murmure François. Elle n'a vraiment pas de chance.

Soudain, il s'interrompt et court à la fenêtre.

— Oh ! regardez, s'écrie-t-il, il neige !

Dehors, les flocons tombent serrés, recouvrant lentement le jardin. Tout semble flotter dans une brume blanche où même le ciel a disparu.

— Il faut que j'aille voir Dago, dit François. Je vais tourner sa niche à l'abri du vent pour que la neige n'y entre pas. Je ne voudrais pas retrouver Dago complètement enseveli !

Le chien a l'air très intrigué par cette substance légère qui tourbillonne dans l'espace avant de se poser délicatement sur le sol. Assis sur la paille, l'air effrayé, il observe les flocons tomber. Il se sent plus seul que jamais : pourquoi le laisse-t-on ainsi dehors, seul dans le froid et dans cette chose blanche inconnue ? Le pauvre chien est de plus en plus inquiet : où est donc passée sa maîtresse bien-aimée ? Pourquoi ne vient-elle pas à son secours ? L'aurait-elle abandonné ?

Il accueille François avec de folles démonstrations de joie, lui sautant jusqu'aux épaules et lui passant de grands coups de langue sur la figure.

— Mon bon chien, lui dit le garçon, comment tu vas ? Tu n'as pas de chance, toi non plus.

Il le caresse doucement et reprend :

— Attends, laisse-moi balayer la neige devant ta porte, et je vais tourner un peu ta niche pour empêcher les flocons d'y entrer. Voilà, c'est fait.

Cependant, le chien bondit de plus belle, persuadé que le garçon va le libérer de sa chaîne.

— Eh non, mon vieux, dit alors François, on ne peut pas aller se promener. Ce sera pour plus tard.

Il passe encore un long moment à caresser Dago avant de se décider à rentrer à la maison. Dès qu'il arrive dans le couloir, il aperçoit Annie et Mick qui, postés sur le seuil du salon, semblent l'attendre avec impatience. Il se dépêche de les rejoindre.

— Qu'est-ce qui se passe ? demande-t-il, surpris.

— M. Rolland vient de nous dire qu'il avait l'intention d'aller faire un tour sur la lande sans nous, chuchote Mick. Tante Cécile se repose dans sa chambre, et oncle Henri s'est enfermé dans le bureau pour travailler. Si on en profitait pour monter voir Claude ?

— Vous savez bien qu'on nous l'a interdit, objecte François.

— Je sais, mais je suis prêt à risquer n'importe quoi pour que Claude soit un peu moins malheureuse. Elle doit être tellement triste, là-haut, toute seule, à l'idée de rester plusieurs jours sans Dago.

— Il vaut mieux que je monte seul, Mick. On ne sait jamais... si je me fais prendre. Reste ici avec Annie, et faites comme si de rien n'était : oncle Henri pensera qu'on est tous ensemble. Pendant ce temps-là, je me faufilerai dans l'escalier.

— D'accord, approuve Mick. Embrasse Claude pour nous et dis-lui qu'elle ne se fasse pas de souci pour Dago : on s'occupe de lui.

Quelques instants plus tard, François entre discrètement dans la chambre de sa cousine. Cette dernière est assise sur son lit. Elle le regarde d'un œil ravi.

— Chut ! souffle François, un doigt posé sur les lèvres. Je n'ai pas le droit d'être ici.

— Oh ! que tu es gentil d'être monté ! murmure la fillette. Je m'ennuie tellement. Viens vite ici, entre les deux lits. Comme ça, si quelqu'un entre sans prévenir, tu n'auras qu'à te baisser pour te cacher.

Claude se met aussitôt à raconter tout ce qui lui est venu à l'esprit au sujet des mystérieux événements de la nuit précédente.

— Je suis persuadée que M. Rolland est le voleur, conclut-elle. Et je t'assure que je ne dis pas cela parce que je le déteste, mais ça fait un moment que je me méfie de lui. Déjà, l'autre jour, quand je me suis aperçue qu'il était entré dans le bureau de papa, cela m'a paru bizarre, mais depuis que nous l'avons surpris en pleine nuit, Dago et moi... Je me demande si M. Rolland n'est pas venu chez nous exprès pour voler le secret de papa. Pour lui, ce poste de professeur était l'occasion rêvée pour s'introduire ici et atteindre son but. Et puis, je suis sûre que, s'il s'est opposé au retour de Dago à la maison, c'est pour pouvoir entrer dans le bureau sans être dérangé.

François, perplexe, hésite encore à admettre que M. Rolland ait pu manigancer tout ça.

— Tu sais, Claude, je crois que tu te trompes, dit-il. Tout cela a l'air si compliqué, et si inconcevable !

— Des choses inconcevables, il en arrive tous les jours !

François réfléchit à ce qu'il vient d'entendre.

— Écoute, dit-il enfin, si ton hypothèse est la bonne, les trois pages qui manquent au manuscrit d'oncle Henri sont forcément cachées quelque part dans la maison : M. Rolland n'est pas sorti de la journée. Elles sont peut-être dans sa chambre.

À ces mots, Claude se retient pour ne pas crier.

— Mais c'est vrai, dit-elle, saisie d'une brusque agitation. Je n'y avais pas pensé ! Oh, pourvu que M. Rolland aille bientôt se promener ! J'irai tout de suite fouiller chez lui.

— Mais enfin, Claude, tu ne peux pas faire une chose pareille, proteste François.

— Si tu crois que je vais me gêner. Quand je me suis fixé un but, je vais jusqu'au bout, dit-elle d'un ton déterminé.

Puis, se penchant vers son cousin, elle lui lance avec véhémence :

— Tu ne comprends donc pas qu'il faut absolument tirer cette affaire au clair !

François ouvre la bouche pour répondre quand retentit un bruit sourd. C'est la porte de la maison qui se referme. Le garçon se lève pour aller jeter un coup d'œil discret par la fenêtre. Il ne neige plus. Un homme traverse le jardin à grands pas et franchit la barrière qui ouvre sur la lande.

— C'est M. Rolland, souffle François.

— Super ! dit Claude.

Elle saute immédiatement du lit.

— Tu peux rester ici faire le guet pendant que je vais fouiller dans sa chambre. Préviens-moi s'il revient.

— Claude, n'y va pas, je t'en prie ! Tu n'as pas le droit de profiter de son absence pour mettre ton nez dans ses affaires. D'ailleurs si M. Rolland a vraiment volé les papiers, il les garde probablement sur lui. Il est peut-être même sorti exprès pour aller les donner à un complice !

Claude regarde son cousin avec des yeux agrandis par la stupéfaction.

— Je n'avais pas pensé à ça, dit-elle. Tu as sûrement raison et c'est ça le plus terrible.

Sa voix s'éteint tout à coup, une idée subite vient de lui traverser l'esprit.

— François, reprend-elle précipitamment, ces deux artistes qui sont à la ferme et que M. Rolland fait semblant de ne pas connaître, je parie qu'ils sont dans le coup eux aussi !

— Là, tu exagères ! Pour un peu, tu parlerais de complot. À t'entendre, on dirait qu'on est en pleine aventure !

— Mais, François, nous le sommes, réplique Claude d'un ton grave.

François regarde sa cousine en silence. Et si elle avait raison ?

— Tu veux bien me rendre un service s'il te plaît ? demande Claude tout à coup.

— Bien sûr, s'empresse de répondre le garçon.

— Alors, sors vite de la maison, et essaie de suivre notre professeur sans qu'il s'en aperçoive. Il y a un vieil imperméable blanc dans le placard du couloir. Tu n'as qu'à le mettre : tu auras moins de chances de te faire repérer sur la neige. Et si M. Rolland rencontre quelqu'un, vérifie bien qu'il ne lui remet rien de suspect. S'il lui donne des papiers, tu verras bien si ce sont ceux de papa. Tu sais, ce sont les mêmes feuilles que les grandes qui sont entassées sur le bureau. Papa a utilisé les mêmes pour son manuscrit.

— D'accord, acquiesce François, mais alors, promets-moi de ne pas aller dans la chambre de M. Rolland. Je t'assure qu'il ne faut pas.

— Je ne suis pas d'accord avec toi, mais je te promets de rester ici. Tu verras ce que je te dis : M. Rolland va sûrement remettre les papiers qu'il a volés à ces deux bonshommes de la ferme. Quand je pense qu'ils ont fait semblant de ne s'être jamais vus !

— Et moi, je crois qu'il ne va rien se passer du tout, observe le garçon en se dirigeant vers la porte, mais au moment de sortir, il se retourne brusquement vers sa cousine :

— Dis donc, comment est-ce que je vais faire pour retrouver M. Rolland maintenant ? Depuis le temps qu'il est parti...

— Imbécile : tu n'auras qu'à suivre les traces de pas qu'il a laissées dans la neige !

Soudain, Claude s'aperçoit qu'elle a oublié de parler à son cousin des boiseries du bureau.

— J'avais encore autre chose à te raconter, reprend-elle. Mais ce sera pour plus tard. Essaie de revenir me voir quand tu seras rentré. C'est à propos du passage secret.

— Tu m'intrigues, dit François, les yeux brillants de curiosité.

Il a été tellement déçu de n'avoir rien pu découvrir à la ferme.

— Je ferai ce que je pourrai pour remonter ici, continue-t-il. Si tu ne me vois pas, ne t'inquiète pas, on se verra ce soir quand j'irai me coucher.

Il se glisse dans l'entrebâillement de la porte et disparaît sans bruit. Il descend l'escalier à pas de loup et passe rapidement dans le salon pour prévenir Mick et Annie de ses intentions.

— Je vais voir où est allé M. Rolland, chuchote-t-il. Je vous expliquerai plus tard.

Il enfile à la hâte l'imperméable blanc, et sort. Dehors, la neige s'est remise à tomber, mais les flocons sont légers et ils n'ont pas encore effacé les traces de M. Rolland.

François marche le plus vite possible, courant presque. Cependant, M. Rolland reste invisible. Les traces de pas suivent une petite pente avant de s'engager sur un sentier qui traverse la lande. François continue à avancer, les yeux rivés au sol, quand il croit entendre parler. Il s'arrête net et observe les alentours. Non loin de lui, sur la droite, il voit un énorme buisson de genêts, et, prêtant l'oreille, s'aperçoit que le bruit qui l'a alerté semble venir de là. Il s'approche et reconnaît la voix de son professeur, mais celui-ci baisse tellement le ton qu'on ne peut distinguer ses paroles.

« À qui est-ce qu'il parle ? » se demande François, s'approchant encore. Une sorte de niche s'ouvre sous les genêts. S'il arrive à s'y glisser, il pourra peut-être voir ce qui se passe de l'autre côté du buisson.

Doucement, il se faufile entre les branches dénudées et découvre bientôt une scène qui lui coupe le souffle : M. Rolland est en train de discuter avec les deux pensionnaires de la ferme. Claude avait raison ! Et voilà que le professeur tend à M. Dulac une mince liasse de papiers. Ce sont de grandes feuilles qui ressemblent étrangement aux pages de manuscrit que Claude a décrites à son cousin.

« Ça m'a tout l'air d'un complot, et je commence à croire, moi aussi, que M. Rolland en est le chef ! » se dit François.

M. Dulac prend les papiers et les glisse dans la poche de son manteau. Les trois hommes échangent encore quelques mots que le garçon ne peut comprendre, puis ils se séparent. Les deux peintres reprennent le chemin de la ferme de Kernach et le professeur rejoint le sentier

qui traverse la lande. François a tout juste le temps de se recroqueviller dans sa cachette pour ne pas être vu.

Heureusement, M. Rolland regarde droit devant lui et ne cherche pas à s'attarder. François le voit s'éloigner avec un soupir de soulagement. Cependant, les flocons commencent à tomber plus dru et l'obscurité de la nuit s'étend. Le garçon se dépêche donc de suivre les traces du professeur.

Celui-ci a déjà disparu dans le crépuscule et François s'aperçoit avec effroi que ses pas sont à peine visibles. Redoutant de se perdre dans la neige, il prend aussitôt ses jambes à son cou.

M. Rolland court presque tout le long du chemin. Arrivé aux *Mouettes* peu après lui, François juge prudent de laisser au professeur le temps d'enlever son manteau et ses bottes et de monter dans sa chambre. Le garçon profite de ces quelques minutes pour aller voir si Dagobert va bien, puis il entre à son tour dans la maison. Il retire en vitesse l'imperméable blanc, change de chaussures et réussit à gagner le salon avant que M. Rolland ne soit redescendu de sa chambre.

Lorsqu'ils le voient entrer en trombe, l'air surexcité, Mick et Annie se précipitent vers lui.

— Qu'est-ce qui se passe ? s'écrient-ils.

Mais François n'a pas le temps de leur répondre, car Maria choisit cet instant pour pénétrer dans la pièce.

À la grande déception des deux enfants, ils ne trouvent aucun moment pour interroger leur frère ce soir-là, car les adultes ne les laissent pas seuls une minute. De même, François doit renoncer à s'esquiver pour rejoindre Claude dans sa chambre.

— Est-ce qu'il neige encore, tante Cécile ? demande Annie après le dîner.

Mme Dorsel va jeter un coup d'œil à la fenêtre : ça n'arrête pas dehors.

— Cette fois, je crois bien qu'on va avoir une tempête, dit-elle en rentrant dans le salon. Si ça continue, nous risquons de nous retrouver bloqués comme il y a deux ans : il y avait tellement de neige que nous n'avons pas pu sortir de la maison pendant cinq jours ! Heureusement que j'avais gardé quelques boîtes de conserve et des paquets de gâteaux. Vous n'avez pas de chance, les enfants : demain, il y aura tellement de neige que vous ne pourrez certainement pas aller vous promener.

— Est-ce que la ferme risque d'être isolée, elle aussi ? interroge M. Rolland.

— Probablement. Et là-bas, la situation est généralement pire que chez nous, répond

Mme Dorsel. Mais les fermiers ont l'habitude : ils ont toujours suffisamment de provisions pour ne pas mourir de faim !

François se demande pourquoi le professeur a posé cette question. Est-ce qu'il craint que ses amis ne puissent pas poster les documents volés assez vite ou qu'ils n'arrivent pas à les remettre eux-mêmes à d'autres complices ? L'impatience du garçon grandit de minute en minute.

Huit heures et demie viennent à peine de sonner que François se met à bâiller à se décrocher la mâchoire.

— J'ai sommeil ! dit-il, l'air accablé. Je ne sais vraiment pas ce que j'ai ce soir.

Son frère et sa sœur le regardent, interloqués. C'est bien la première fois qu'ils voient François pressé d'aller se coucher.

Profitant de l'inattention des grandes personnes, François adresse un rapide clin d'œil à Mick et Annie. Comprenant en un éclair ce que leur frère manigance, tous deux se mettent à bâiller à leur tour. Mme Dorsel pose le livre qu'elle est en train de lire et dit à ses neveux :

— Vous avez l'air fatigués, tous les trois. Je crois qu'il est temps d'aller au lit.

— Est-ce que je peux sortir un instant pour voir si Dago est bien à l'abri dans sa niche ? demande François.

Sur un signe affirmatif de sa tante, le garçon se dépêche de sortir pour vérifier que le chien n'est pas enseveli sous la neige que le vent fait tourbillonner.

Le pauvre Dagobert a l'air bien malheureux dans sa niche, et quand il voit qu'après l'avoir caressé pendant quelques minutes, François s'apprête à le laisser, il se met à gémir.

— Je voudrais bien pouvoir t'emmener, tu sais, murmure le jeune garçon, mais je n'ai pas le droit. Sois sage, je te promets de venir te voir demain matin de bonne heure.

Dès le retour de François, les trois enfants s'empressent de monter au premier étage.

— Dépêchons-nous de nous mettre en pyjama, souffle François en arrivant sur le palier. Rendez-vous dans cinq minutes chez Claude ! Et surtout, pas de bruit. Il ne faut pas alerter tante Cécile !

Quelques instants plus tard, les trois enfants sont réunis auprès de leur cousine. Celle-ci rayonne.

— François, demande-t-elle à voix basse, tu as réussi à rejoindre M. Rolland ?

— Mais enfin, pourquoi est-ce que tu l'as suivi ? s'étrangle Mick, à qui cette question brûle les lèvres depuis longtemps.

Alors François se dépêche de tout raconter :

les soupçons de Claude d'abord, et puis sa propre randonnée dans la neige, sur les traces du professeur et enfin ce qu'il a vu et entendu caché derrière le buisson. Lorsque Claude apprend que M. Rolland a remis des papiers aux deux artistes, elle trépigne de rage.

— Le monstre ! s'écrie-t-elle. Je suis sûre que c'était les pages volées. Quand je pense que papa lui fait une confiance aveugle... Qu'est-ce qu'on va faire maintenant ? Ces bandits vont certainement se dépêcher de transmettre les documents à d'autres complices et on perdra la trace de la formule secrète de papa.

— Pour l'instant, on a encore nos chances, dit François. Si tu voyais la quantité de neige qui est tombée ! Et ça n'est pas près de s'arrêter : je crois qu'on va être complètement bloqué. Ça sera pareil à la ferme et les amis de M. Rolland seront bien obligés de patienter. Si seulement nous pouvions aller faire un tour là-bas, je suis certain qu'on finirait par dénicher les papiers cachés dans un coin !

Mick hoche la tête, l'air découragé.

— Laisse tomber, dit-il à son frère. Avec cette neige, on n'ira pas bien loin.

Encore bouleversés par le récit de François, Mick et Annie croient rêver : leur professeur, toujours si gai et si gentil avec eux, n'était donc qu'un vulgaire voleur et peut-être même un espion ? Les enfants se regardent en silence, ne sachant plus que penser.

— On devrait avertir oncle Henri, dit François.

— Non, dit Annie aussitôt. Il ne nous croirait pas.

— Je suis d'accord avec toi, approuve Claude. Papa va se moquer de nous, et après il ira tout raconter à M. Rolland. Et il faut éviter ça à tout prix : ce bandit ne doit absolument pas soupçonner que nous avons découvert le pot aux roses.

— Chut ! J'entends tante Cécile ! souffle Mick.

Les garçons s'esquivent en un clin d'œil. Annie, qui vient de se blottir auprès de Claude pour se réchauffer, ne fait qu'un bond pour rejoindre son lit.

Quand Mme Dorsel ouvre la porte, un calme parfait règne dans la pièce. La jeune femme embrasse les fillettes, puis passe dans la chambre de ses neveux. Dès que les enfants l'entendent redescendre l'escalier, ils se relèvent sans bruit et reprennent leur conversation.

— Claude, que voulais-tu me dire cet après-midi à propos du passage secret ? demande François.

— Oh ! c'est vrai, j'avais complètement oublié, murmure la fillette. Je me trompe peut-être, mais j'ai découvert que dans le bureau de papa, il y a un lambris avec huit panneaux de chêne. En plus, la pièce est dallée et elle donne à l'est : exactement ce qu'indique le grimoire ! C'est étrange, non ?

— Est-ce qu'il y a un placard aussi ? s'enquiert François.

— Non, c'est la seule chose qui manque. N'empêche que je me demande si l'entrée du passage secret ne serait pas ici. Comme notre maison et la ferme de Kernach ont toujours appartenu à la même famille, il est tout à fait possible que le document que nous avons découvert chez Mme Guillou donne des indications sur *les Mouettes*.

— Mais c'est génial ! s'écrie Mick, fou d'enthousiasme. Imaginez que le passage parte d'ici ! Vite, dépêchons-nous de descendre : il faut en avoir le cœur net !

— Tu dis n'importe quoi, dit François toujours aussi calme. Descends si tu veux, mais moi, je ne dérangerais oncle Henri dans son bureau pour rien au monde, surtout après ce qui s'est passé depuis hier !

— Mais enfin, tu vois bien qu'il faut agir le plus vite possible !

Et, haussant le ton, il crie presque :

— Si Claude a raison ?

François pousse gentiment son frère.

— Tais-toi ! dit-il à voix basse. Tu veux alerter toute la maison ?

— Excuse-moi, je n'ai pas fait exprès mais
tu comprends, c'est tellement passionnant. Ça
y est, on est vraiment en pleine aventure !

— Je te l'avais bien dit, murmure Claude,
rayonnante. Écoutez, j'ai une idée : si nous
attendions jusqu'à minuit pour tenter notre
chance ? À cette heure-là, tout le monde dor-
mira et nous pourrons descendre tranquillement
dans le bureau. Cela ne nous mènera peut-être
à rien, mais au moins, nous serons fixés. Je ne
vais pas pouvoir fermer l'œil tant que nous ne
serons pas allés examiner ces huit panneaux !

— Moi non plus, ajoute Mick.

Soudain, il prête l'oreille.

— Attention, souffle-t-il, j'entends du bruit.
Vite, François ! Rendez-vous à minuit.

Les garçons regagnent leur chambre sans
bruit. Mais ils n'arrivent pas à s'endormir.
Claude non plus. Couchée sur son lit, les yeux
grands ouverts, la fillette repasse inlassablement
dans son esprit tous les événements qui se sont
produits depuis son arrivée à Kernach.

« On dirait vraiment un puzzle, songe-elle.

Au début, il y avait des morceaux dans tous les sens, et je n'y comprenais rien, mais à présent, tout se met en place peu à peu et je commence à y voir clair. »

À minuit, Annie dort à poings fermés. Il faut la secouer.

— Vite, réveille-toi ! lui chuchote François. Si tu veux entrer dans l'aventure avec nous, c'est le moment !

CHAPITRE 14

En route pour l'aventure

Les enfants se glissent dans l'escalier, discrets et silencieux comme des ombres. Lorsqu'ils sont dans le bureau, Claude referme la porte sans bruit, puis allume la lumière. Tous les regards se dirigent aussitôt vers le lambris au-dessus de la cheminée. Oui, il y a bien huit panneaux, disposés en deux rangées semblables : quatre en haut, quatre en bas. François sort de sa poche le document qui ne le quitte jamais, et l'étale avec soin sur le bureau. Une fois de plus, les enfants examinent le dessin.

— Regardez, dit François à voix basse, la croix se trouve exactement au milieu du deuxième carré en haut à gauche. Je vais essayer de pousser le panneau correspondant. On verra bien ce qui se passe !

Il se dirige vers la cheminée. Sous le regard attentif de ses compagnons, François se met sur la pointe des pieds et appuie des deux mains au centre du carré de chêne. Rien ne bouge.

— Essaie encore, et tape un peu dessus, conseille Mick.

— Oui, mais je ne voudrais pas faire trop de bruit, murmure François.

En prononçant ces mots, il fait glisser doucement sa main sur tout le panneau dans l'espoir de découvrir une bosse ou un creux qui cacherait l'existence d'un levier ou d'un ressort secret.

Tout à coup, il sent le bois céder sous ses doigts et la paroi s'enfonce dans le mur, sans bruit, exactement comme dans le couloir de la ferme. Bouche bée, les enfants voient, à sa place, un trou noir.

— Ça ne peut pas être l'entrée du passage secret, observe François d'un ton déçu. Qui pourrait passer par un trou aussi petit ?

Le garçon prend sa lampe de poche et éclaire l'ouverture. Il se retient pour ne pas pousser une cri de surprise.

— On dirait qu'il y a une sorte de poignée, tout au fond, avec une tige ou un bout de fil de fer qui dépasse, dit-il. Attendez, je vais essayer de...

Il saisit l'anneau de métal et le tire aussi fort qu'il peut, mais la poignée est apparemment bien encastrée dans le mur et ne cède pas.

— Mick, viens m'aider.

Ensemble, les deux garçons se cramponnent à l'anneau et tirent de toutes leurs forces.

— Ça y est, je sens que ça bouge, lance François, les dents serrées. Allez, Mick, encore une fois : vas-y, tire !

Brusquement, ils sentent la poignée venir à eux, entraînant un vieux câble métallique rouillé. En même temps, ils entendent un grincement sinistre dans la cheminée, juste sous les pieds d'Annie qui sursaute.

— Là ! sous le tapis ! chuchote-t-elle. Quelque chose a bougé. Regardez !

Les garçons lâchent la poignée et se retournent. Stupéfaits, ils voient que le sol s'est affaissé à l'endroit que désigne Annie.

— J'ai l'impression qu'une dalle s'est déplacée ! s'écrie François. On a dû déclencher le mécanisme en tirant sur l'anneau. Vite, regardons sous le tapis !

Les enfants soulèvent celui-ci, les mains tremblantes. François a deviné juste : l'une des énormes dalles s'est enfoncée sous terre, pivotant sur le côté. À sa place, il y a maintenant une ouverture béante.

— Regardez, balbutie Claude. L'entrée du passage secret !

— Je n'y croyais plus, murmure François.

— Vite, descendons voir ce qu'il y a là-dessous !

Annie frissonne.

— Oh ! non, pas maintenant ! gémit-elle, terrifiée à la pensée de s'engouffrer dans ce trou noir.

François plonge sa lampe dans le passage mystérieux et découvre une sorte de niche suffisamment grande pour qu'un homme puisse y tenir debout.

— Il doit y avoir une galerie qui part d'ici et qui passe sous la maison, déclare-t-il. Et je donnerais cher pour savoir où elle va.

— On peut descendre l'explorer, propose Claude.

Mick fait la grimace.

— À cette heure-ci, cela ne me dit rien qui vaille. Il vaut mieux attendre demain.

— Oui mais nous ferons comment ? objecte François. Oncle Henri ne quitte pas son bureau de la journée.

— Pas demain, reprit Mick. Il a promis à tante Cécile qu'il irait balayer la neige devant la maison après le petit déjeuner. Nous pourrons en profiter pour venir ici. Et puis demain, c'est samedi, nous n'avons pas cours avec M. Rolland.

— D'accord pour demain, décide François. Mais je voudrais quand même jeter un petit coup d'œil ce soir, rien que pour voir s'il y a bien une galerie qui part de là.

— Attends, je vais t'aider à descendre.

Mick prend la lampe de poche des mains de son frère, et éclaire l'intérieur du trou pendant que François se laisse glisser jusqu'au fond.

Aussitôt, une exclamation étouffée retentit :

— C'est bien l'entrée du passage secret ! Il y a une espèce de couloir étroit qui part d'ici, un peu plus bas. On ne peut pas se tromper !

Sous terre, l'atmosphère est froide et humide. François frissonne.

— Aide-moi à remonter, Mick. Il ne fait pas chaud là-dedans.

L'instant d'après, il se retrouve avec plaisir dans le bureau bien chauffé. Les enfants se regardent, les yeux brillants de joie : l'aventure n'est pas loin !

— Demain, il faudra emmener Dago dans le passage avec nous, dit Claude, rompant le silence.

— Hé, il faudrait peut-être songer à refermer cette trappe, non ? s'exclame Mick, saisi d'une inquiétude subite.

— C'est vrai. On ne peut pas se contenter de remettre le tapis par-dessus : ça se verrait tout de suite.

— Et puis, ajoute Annie, quelqu'un pourrait tomber dans le trou.

— On va essayer de remettre la dalle en place, décide François.

Il s'approche de la boiserie et plonge la main à l'intérieur de la cavité. Du bout des doigts, il en explore méthodiquement les parois. Soudain, il sent dans un angle une petite boule qui dépasse à la surface rugueuse de la pierre. Il tire dessus en essayant de la faire tourner. Brusquement, il s'aperçoit que la poignée qui a déclenché le mécanisme de la trappe tout à l'heure rentre lentement dans le mur, entraînée par le câble métallique. Au même moment, Mick et les deux filles voient la dalle remonter et revenir à sa place en grin-çant à peine. François referme le panneau de chêne.

— C'est hallucinant, s'exclame Mick, éber-lué. Ça fait je ne sais pas combien de temps que le mécanisme n'a pas été utilisé et il fonc-tionne quand même parfaitement bien !

Il s'arrête net : Claude lui fait signe de se taire.

— Chut, écoutez..., dit-elle à voix basse.

Les enfants tendent l'oreille. On entend remuer dans la chambre au-dessus.

— C'est M. Rolland, chuchote François. Vite, filons !

Ils montent l'escalier sur la pointe des pieds. Mais leur cœur bat tellement fort dans leur poitrine qu'ils ont l'impression que tout le monde peut l'entendre dans la maison.

Les deux cousines se glissent sans problème dans leur chambre pendant que les garçons se précipitent vers la leur. Vite, Mick se faufile à l'intérieur, mais François n'a pas le temps de le suivre : M. Rolland pénètre dans le couloir, une lampe électrique à la main.

— Qu'y a-t-il, François ? demande-t-il, surpris. J'ai entendu du bruit en bas. C'est ce qui t'a réveillé, toi aussi ?

Le garçon répond sans hésiter :

— Oui, monsieur, j'ai entendu un bruit bizarre qui venait du rez-de-chaussée je crois. Mais ça doit seulement être un paquet de neige qui est tombé du toit.

— Peut-être, dit le professeur, l'air peu convaincu. Il vaut mieux descendre voir.

François le suit. Ils visitent le rez-de-chaussée sans rien remarquer d'anormal. Cela n'a rien de surprenant pour François, mais il est soulagé d'avoir réussi à refermer la trappe et

204

le panneau du bureau, car M. Rolland est bien la dernière personne qu'il voudrait mettre dans le secret.

Chacun regagne sa chambre.

— Tout s'est bien passé ? demande Mick à voix basse.

— Oui, c'est bon, mais il vaut mieux se taire maintenant : M. Rolland pourrait nous entendre.

Quand les enfants se réveillent le lendemain matin, toute la région est ensevelie sous la neige. On ne voit même plus la niche de Dago. Claude pousse un cri de détresse :

— Pauvre Dago ! s'exclame-t-elle. Il va étouffer ! Je vais le chercher, tant pis si je me fais gronder !

À peine habillée, elle se rue dans le jardin. Elle s'enfonce dans la neige jusqu'aux genoux, mais parvient quand même à la niche, et là, elle ne peut en croire ses yeux : Dago a disparu !

Soudain, la voix du chien retentit à l'intérieur de la maison. Claude se retourne, stupéfaite, et aperçoit Maria qui, derrière la fenêtre de la cuisine, lui fait de grands signes. Elle rentre en toute hâte. La cuisinière l'accueille :

— Ne t'inquiète pas, ma petite. C'est moi qui suis allée chercher ton chien. Pauvre bête, je ne supportais plus de le savoir dehors par ce temps. Ta mère m'a permis de le garder à la cuisine, à condition que tu ne viennes pas le voir.

Claude pousse un soupir de soulagement.

— D'accord, dit-elle. Du moment que Dago est au chaud, tant pis pour le reste. Oh ! merci, Maria ! Vous êtes vraiment gentille !

Elle court annoncer la bonne nouvelle à ses cousins. Tous sont enchantés.

— Attends, dit Mick, s'adressant à sa cousine d'un air mystérieux, tu ne connais pas la dernière ? Il paraît que M. Rolland est au lit. Il a attrapé un gros rhume !

— La journée commence bien ! s'écrie Claude. Dago est au chaud, et M. Rolland cloué au lit. Rien ne pouvait me faire plus plaisir !

— On va pouvoir explorer le passage secret tranquillement, reprend Mick. Pendant qu'oncle Henri balaiera la neige, tante Cécile sera sûrement occupée à la cuisine avec Maria.

— Dites, on pourrait faire croire aux grandes personnes qu'on veut s'avancer dans nos devoirs pour lundi, même si M. Rolland n'est pas là, propose François. Et dès que tout sera tranquille, on ira explorer le passage.

— Quelle idée ! s'exclame Claude, ennuyée rien qu'à l'idée de se plonger dans ses livres et ses cahiers. Pour quoi faire ?

206

— Mais parce que tu peux être sûre que, si nous restons sans rien faire, ton père va nous demander de l'aider à balayer la neige !

M. Dorsel n'en revient pas quand les enfants viennent lui annoncer qu'ils veulent travailler dans le salon.

— Vous n'avez pas envie de venir m'aider dans le jardin ? s'étonne-t-il. Mais vous avez raison, il vaut mieux que vous ne perdiez pas votre temps.

Les enfants s'installent donc autour de la grande table, et, comme chaque matin, ouvrent leurs livres. Cependant, chacun tend l'oreille aux bruits de la maison. M. Rolland tousse dans sa chambre. Tante Cécile va et vient entre la salle à manger et la cuisine, tout en discutant avec Maria. Soudain, les enfants entendent un grattement. Un instant plus tard une porte s'ouvre, des pattes trottinent dans le couloir, et ils voient surgir à l'entrée du salon une grosse truffe et des yeux curieux.

— Dago ! s'écrie Claude en se précipitant vers son ami. Elle lui jette les bras autour du cou et le serre très fort contre elle.

— Claude, on croirait que tu ne l'as pas vu depuis un siècle, plaisante Mick.

— Ne m'en parle pas, répond la fillette. Dites, continue-t-elle, j'ai l'impression que c'est le moment d'y aller : maman est occupée et papa est en plein travail au jardin.

Tous se dépêchent de regagner le bureau. François et Mick font jouer le panneau mobile et la trappe, pendant que les filles écartent le tapis. La dalle s'enfonce. Tout est prêt.

— Vite ! s'écrie François. Et il saute dans le trou, suivi aussitôt par Claude, Annie, Mick et Dagobert.

François s'efface pour laisser passer les autres devant lui et les pousse vers l'entrée de la galerie. Puis il se retourne et lève les yeux vers l'ouverture dans le dallage du bureau. Il vaudrait peut-être mieux ramener le tapis à l'emplacement de la dalle, pour éviter que quel-qu'un ne découvre le secret. Le garçon se dresse sur la pointe des pieds et, allongeant le bras, tire le tapis par-dessus le trou. Puis il rejoint ses compagnons, le cœur battant. La grande aventure commence !

Le passage secret

Quand les enfants s'engagent dans le passage, Dagobert prend vaillamment la tête de la colonne, très surpris toutefois par cette promenade si différente de celles dont il a l'habitude. Quelle idée de se balader dans un couloir si sombre et si froid...

Heureusement, Mick et François ont pensé à prendre leurs lampes électriques. Mais les deux filets lumineux n'éclairent pas grand-chose : les murs sont en terre et le sol est couvert de gravier. Le passage secret s'enfonce sous la vieille maison ; le plafond est tellement bas et le couloir si étroit que les enfants doivent avancer en file indienne, presque courbés en deux. Enfin, la galerie s'élargit et chacun pousse un soupir de soulagement : cela devient vite fatigant de marcher le buste penché et la tête rentrée dans les épaules !

— Tu as une idée de l'endroit où on va arriver ? demande Mick à son frère, qui a toujours eu un bon sens de l'orientation. Tu crois qu'on se dirige vers la mer ?

— Non, répond François. On tourne le dos à la côte.

Il réfléchit un instant et poursuit :

— J'ai l'impression qu'on va vers la lande. Regarde les murs : la terre est mélangée avec du sable, comme dans la lande.

La galerie est parfaitement droite, sauf à quelques endroits où elle forme une courbe pour contourner un rocher. Les enfants avancent quelques instants en silence.

— Qu'est-ce qu'il fait froid, dit Annie tout à coup.

Elle frissonne.

— Si j'avais su, ajoute-t-elle, j'aurais pris mon manteau. François, on a parcouru combien de kilomètres ?

Le garçon se met à rire.

— Même pas un, ma pauvre Annie, répond-il. Tiens, qu'est-ce qui se passe ? Regardez, on dirait que le plafond s'est écroulé...

Les deux frères braquent leurs lampes et voient devant eux un tas de terre qui bloque le passage. François donne de grands coups de pied dedans et, heureusement, le sol cède facilement.

— Ça va aller, dit-il. Il n'y a pratiquement que du sable. Je vais dégager ça.

Mick vient aussitôt à la rescousse et, cinq minutes plus tard, il y a suffisamment d'espace pour que les enfants puissent escalader l'obstacle sans se cogner la tête au plafond. François passe le premier et scrute l'obscurité : la voie est libre.

— La galerie est beaucoup plus large de ce côté, observe-t-il soudain. Il promène le faisceau de sa lampe autour de lui.

— C'est vrai ! constate Claude en le rejoignant.

Les parois s'écartent à droite et à gauche en arrondi et forment une sorte de petite salle circulaire.

— On dirait qu'il y a un banc, là-bas, regardez ! s'écrie Mick.

— C'était sans doute pour que les gens puissent se reposer en chemin, dit Annie.

Les enfants décident donc d'en profiter : ils se serrent sur le banc, heureux de souffler un moment. Dago peut enfin poser la tête sur les genoux de Claude : ça lui a tellement manqué ces derniers jours.

— Allez, en route ! déclare François après quelques instants de repos. Il fait trop froid ici, j'ai hâte de savoir où on va aboutir.

— Moi, je me demande si ce passage ne mènerait pas tout simplement à la ferme de Kernach, murmure Claude.

Ses compagnons la regardent avec effarement.

— Ça n'aurait rien d'étonnant, continue-t-elle. Vous vous souvenez de ce qu'a dit Mme Guillou : autrefois, il y avait un passage secret qui partait de la ferme, mais personne ne sait où il allait. Ça pourrait très bien être celui-là !

— Mais c'est vrai ! s'exclame François. C'est sûrement ça, puisque la villa et la ferme ont toujours appartenu à ta famille. Je me demande comment on n'y a pas pensé plus tôt !

— Je viens d'avoir une idée, moi aussi, s'exclame soudain Annie d'une voix stridente.

— Quoi ? Dis-nous vite ! s'écrient ses compagnons.

— Eh bien, si on arrive bien à la ferme de Kernach, on pourra peut-être essayer de récupérer les papiers d'oncle Henri avant que les deux soi-disant peintres aient le temps de s'en débarrasser.

Les quatre enfants sont au comble de l'enthousiasme.

— Mais c'est une excellente idée, Annie ! approuve François.

— Oh ! qu'est-ce que j'aimerais réussir à mettre la main sur les pages du manuscrit de papa ! s'exclame Claude, en sautant au cou de sa cousine.

Voyant les enfants tellement heureux, Dagobert se met à japper et à bondir comme un fou pour manifester sa joie.

— On y va, s'écrie François. Il prend la main d'Annie et l'entraîne. Ça devient de plus en plus passionnant, continue-t-il. Si Claude ne s'est pas trompée, on va pouvoir fouiller la chambre des artistes de fond en comble, et je suis bien sûr qu'on finira par dénicher les papiers.

— Tu m'avais pourtant dit que c'était très mal de fouiller dans les affaires des gens, le taquine Claude.

— Oui mais à ce moment-là, je ne savais pas tout ce que je sais aujourd'hui, réplique le garçon. C'est pour ton père qu'on fait ça. En plus, ces documents sont d'une importance capitale. Tu sais bien qu'il devait les envoyer au gouvernement. Il va falloir se montrer plus malins que les voleurs.

— Tu crois qu'ils sont vraiment dangereux ? demande Annie, pas très rassurée.

— Je pense, oui, répond François. Mais n'aie pas peur. Nous sommes là pour te protéger, Mick et moi, sans parler de Dago !

— Et moi ? Je compte pour du beurre ? proteste Claude. Je vaux autant qu'un garçon, je pense !

— Et comment ! fait Mick en riant. Tu en inquiéterais même plus d'un !

Les enfants reprennent leur chemin, en file indienne.

« On n'a pas idée de faire des choses pareilles ! » se disent-ils, de plus en plus surpris de voir que l'étrange promenade n'en finit pas.

Tout à coup, François, qui marche en tête, s'arrête si brusquement que ses compagnons viennent buter contre lui.

— Qu'est-ce qu'il y a ? demande Mick. Le chemin est encore bloqué ?

— Non, mais je crois que, cette fois, nous sommes enfin au bout du souterrain, répond François d'une voix triomphante.

Les trois autres enfants se pressent pour regarder par-dessus son épaule. Devant eux, se dresse un mur très haut sur lequel sont plantés des sortes d'échelons en fer. François braque

sa lampe vers le haut et les quatre amis aperçoivent une grande ouverture carrée découpée
dans le plafond du passage au-dessus de leurs
têtes.

— Il faut grimper là-haut, déclare François
et passer par cette trappe... Attendez-moi ici :
je vais voir ce qu'il y a derrière.

Il accroche sa lampe au revers de sa veste
et commence à grimper, éclairé par le faisceau
lumineux que Mick dirige sur lui. Il disparaît
bientôt par l'ouverture du plafond.

L'escalade lui paraît interminable. « J'ai l'impression de grimper à l'intérieur d'une cheminée », songe-t-il. L'air est froid et le mur
humide sent le moisi. Enfin, il atteint une sorte
de corniche sur laquelle il se hisse. Puis il
décroche sa lampe et regarde autour de lui.
François est arrivé au sommet du puits carré et
il est entouré de murs. Loin de se décourager,
il continue son exploration et braque sa lampe
devant lui. Il manque pousser un cri de surprise : sur le quatrième bord du puits se trouve
une porte en chêne avec, sur le côté, une
énorme poignée rouillée.

Le garçon avance la main et tourne la poignée, le cœur battant. Que va-t-il découvrir ?

La porte s'ouvre sur lui, raclant la corniche
sur laquelle il se tient toujours. Il n'y a pas beau-

coup de place et il doit s'agripper à un angle pour ne pas tomber à la renverse. Avec précaution, François réussit néanmoins à se faufiler par l'entrebâillement. Puis il pousse la porte à fond jusqu'à ce qu'elle vienne buter contre la paroi du puits.

Où se trouve-t-il ? Avançant à tâtons, ses mains rencontrent une surface lisse qui ressemble à du bois. Il braque alors sa lampe devant lui et s'aperçoit qu'il est devant une seconde porte. Cette fois, il n'y a ni loquet ni poignée. François promène doucement ses mains sur le bois dans l'espoir de découvrir un ressort caché, et soudain, le panneau coulisse sans bruit.

En un éclair, François comprend où il se trouve :

— Je suis dans le placard à double fond de la ferme de Kernach ! C'est donc là qu'aboutit le passage... Si on s'était douté de ça l'autre jour quand on s'est amusés à s'enfermer les uns après les autres dans cette cachette !

Le placard sert maintenant de penderie et il est rempli des vêtements des deux artistes. Immobile, François prête l'oreille. On n'entend pas le moindre bruit. Il n'y a sans doute personne dans la chambre. Le jeune garçon rêve d'y jeter un coup d'œil mais il pense à ses compagnons qui l'attendent patiemment dans le souterrain et décide de ne pas s'attarder davantage.

Il se faufile derrière le panneau mobile, fait jouer le ressort et franchit le seuil de la grande porte de chêne. « Pas la peine de la refermer, se dit-il, nous allons tous remonter dans une minute. »

Enfin, il commence à descendre.

— Tu en as mis du temps ! s'exclame Claude, lorsqu'il a atteint le fond du puits. Vite, raconte !

— Vous n'allez pas me croire ! Je me suis retrouvé à la ferme de Kernach... dans le placard à secret du premier étage.

— Non ! s'exclame Annie.

— Tu es entré dans la chambre ? demande Mick.

— Attends, je vais t'expliquer.

Et François s'empresse de raconter son aventure. Dès que le récit est terminé, Claude bondit.

— Vite, vite, s'écrie-t-elle, il faut qu'on se mette à la recherche des papiers de papa. François, est-ce qu'il y avait quelqu'un dans la pièce ?

— Je ne sais pas mais je n'ai entendu aucun bruit en tout cas. Bon, mettons-nous d'accord :

on va monter là-haut et fouiller la chambre au placard et celle d'à côté, puisque Mme Guillou nous a dit qu'elle était louée aussi. Ça vous va ?

— D'accord, acquiesce Mick, ravi à la perspective d'une telle expédition. Allons-y ! François, passe le premier : tu connais le chemin. Après, ce sera à vous, les filles. Je monterai en dernier.

— Et Dago ? demande Claude.

— Il va falloir qu'il reste ici. Ce chien sait tout faire sauf grimper aux murs ! Nous n'avons pas le choix, Claude.

— Il ne va pas apprécier.

— Il n'y a pas d'autre solution, dit François. On ne va quand même pas le hisser jusque là-haut.

Et, se penchant vers l'animal, il lui souffle :

— Tu vas être sage, hein, mon vieux ?

En guise de réponse, Dagobert remue la queue. Mais dès qu'il voit ses amis commencer à escalader et disparaître mystérieusement les uns après les autres au-dessus de sa tête, il prend un air désespéré. Comment peut-on avoir le cœur de l'abandonner ainsi ! Il saute aussi haut qu'il le peut dans l'espoir de rejoindre les enfants, mais retombe au pied du mur. Après plusieurs tentatives, il doit s'avouer vaincu, et se met alors à gémir.

— Tais-toi, Dago ! fait la voix de Claude, déjà lointaine. Sois sage, nous n'en avons pas pour longtemps.

Le chien se calme aussitôt. Il se couche au fond du puits et commence à attendre le retour de sa maîtresse, l'oreille aux aguets, vaguement inquiet malgré tout de la tournure de plus en plus étrange que prend la promenade.

Les enfants atteignent rapidement la petite corniche de pierre. La porte en chêne est toujours rabattue le long du mur, comme François l'a laissée. À la lumière des lampes électriques, apparaît le panneau à secret qui sert de fond au placard. François presse le ressort et la boiserie coulisse dans le mur, démasquant des vêtements pendus sur des cintres.

Immobiles comme des statues, les enfants tendent l'oreille. Tout est silencieux.

— Je vais jeter un coup d'œil de l'autre côté, chuchote François. Surtout, pas de bruit !

Il se glisse entre les imperméables et les robes de chambre et entrebâille doucement la porte donnant sur l'extérieur. Il regarda avec précaution par la fente. La pièce est vide. « On a de la chance », se dit le garçon.

Et, se retournant vers ses compagnons, il murmure :

— Venez vite, il n'y a personne.

Les enfants se faufilent dans la chambre, sans bruit. Leur regard fait rapidement le tour des lieux. Le mobilier est très simple : un grand lit, un bureau, une commode, une petite table et deux chaises. Les visiteurs se réjouissent : ils en auront plus vite fait le tour.

— Regardez ! dit soudain Claude, en désignant une porte de communication. Cette porte doit donner dans la deuxième chambre. Voilà ce que je vous propose : deux d'entre nous vont passer tout de suite à côté et fermer la porte d'entrée à clef, pendant qu'ici nous ferons la même chose, comme ça on sera tranquille, et on pourra fouiller deux par deux, ce qui ira beaucoup plus vite.

— Excellente idée, approuve François qui craignait déjà de se faire prendre. Restez ici, je m'occupe de l'autre pièce avec Annie. N'oubliez pas de fermer la porte du palier.

Aussitôt dit, aussitôt fait : le frère et la sœur passent dans la chambre contiguë dont l'aménagement est semblable. François s'empresse d'aller tourner la clef dans la serrure pendant que les deux autres font de même dans la pièce à côté.

« Cette fois, nous n'avons plus rien à craindre », se dit-il en poussant un soupir de soulagement.

Et, se tournant vers sa sœur, il continue à haute voix :

— Annie, dépêche-toi de regarder si les papiers ne sont pas cachés sous le tapis. Après, retourne les coussins des chaises et défais le lit. Moi, je fouille les meubles.

Ils se mettent au travail, les mains tremblantes, le cœur battant, de plus en plus surexcités par leur merveilleuse aventure. Les deux voleurs sont sans doute en bas, bien au chaud dans la cuisine. Il fait si froid dans ces chambres sans feu que leurs occupants doivent préférer rester au coin de la grande cheminée du rez-de-chaussée. En tout cas, ils sont sûrement dans la maison, puisque la neige bloque la ferme et la campagne environnante.

De leur côté, Claude et Mick remuent tout de fond en comble. Ils visitent chaque tiroir, défont le lit, soulèvent le matelas, retournent les tapis et les coussins, et vont même explorer l'intérieur de la cheminée. Mais sans succès.

— Vous avez trouvé quelque chose ? lance Mick à son frère et à sa sœur.

— Rien du tout, répond François, la mine sombre. Ces bandits ont bien caché les papiers. Pourvu qu'ils ne les aient pas gardés sur eux !

La consternation se lit sur le visage de Mick.

— C'est vrai, murmure-t-il, je n'y avais pas pensé.

— Allez, il faut chercher encore, décide François. Regarde partout sans exception ! Tu as pensé aux oreillers ? Tape dedans à coups de poing. Les papiers sont peut-être sous la taie ou même dans la plume !

Mick ne se le fait pas dire deux fois : aidé de Claude, il reprend ses investigations avec ardeur.

De même, Annie et François ne ménagent pas leur efforts, explorant les moindres recoins, retournant les cadres accrochés au mur pour s'assurer que les papiers n'ont pas été glissés au dos. Malheureusement, les recherches ne donnent rien. Les enfants sont cruellement déçus.

— C'est simple, bougonne François, on ne peut pas rentrer à la maison sans avoir retrouvé les papiers d'oncle Henri. Ça serait dommage d'être arrivés jusque-là pour repartir bredouilles !

Soudain, il voit surgir Claude suivie de Mick, l'air affolé.

— Écoutez ! chuchote la fillette. Il y a des gens qui parlent.

Les quatre enfants se figent et prêtent l'oreille... Aucun doute : des voix d'hommes résonnent sur le palier !

CHAPITRE 16

La poursuite

À pas de loup, les enfants regagnent la chambre où se trouve le placard à secret.

— Qu'est-ce qu'on fait ? souffle Claude.

— Il faut sortir d'ici tout de suite, dit François.

— Oh ! non, on ne...

Claude s'arrête net : quelqu'un tourne la poignée de la porte avec insistance, ne soupçonnant pas que la porte est fermée à clef.

Une exclamation d'impatience retentit, puis les enfants reconnaissent la voix de M. Dulac qui s'adresse à son compagnon :

— La porte est coincée. Je vais passer par ta chambre, si ça ne te dérange pas et j'essaierai d'ouvrir de l'intérieur.

— Pas de problème, répond l'autre.

223

Les pas remontent le couloir, et l'on entend quelqu'un secouer énergiquement la poignée de la porte d'à côté.

— Ça commence à bien faire maintenant ! s'écrie M. Dulac d'un ton furieux. On dirait que c'est fermé à clef ! Mais ce n'est pas possible !

— Apparemment si, observe M. Rateau.

Quelques secondes de silence suivent, puis les enfants entendent distinctement ces mots, prononcés à voix basse :

— J'espère que tout ça n'a rien à voir avec les papiers. Tu les as bien mis en lieu sûr ?

— Ils sont dans ta chambre, tu le sais bien, répond M. Rateau.

Les deux hommes se sont tus. Les enfants échangent des regards. Ils viennent d'avoir la preuve que les locataires de Mme Guillou détiennent les documents volés. Mais ce n'est pas tout : ils savent maintenant à coup sûr que les papiers tant cherchés se trouvent là, près d'eux, dans la pièce même où ils sont en ce moment.

Ils promènent autour d'eux des regards éperdus, se demandant avec angoisse où les voleurs ont bien pu cacher leur butin. Ils ont pourtant inspecté la pièce dans ses moindres recoins...

— Vite ! chuchote François. Cherchons encore. Surtout, pas de bruit.

Marchant sur la pointe des pieds, les enfants recommencent à fouiller. Ils passent tout au peigne fin et vont jusqu'à feuilleter les livres qui se trouvent sur la commode pour voir si les précieux papiers n'ont pas été glissés entre les pages. Hélas ! sans résultat.

Soudain, M. Dulac appelle la fermière :

— Madame Guillou ! lance-t-il d'une voix retentissante. Auriez-vous par hasard fermé nos chambres à clef ? Nous ne pouvons pas ouvrir.

— Comment ! s'exclame la fermière, accourue au pied de l'escalier. J'arrive. En tout cas, si vos serrures sont bloquées, je n'y suis pour rien.

À son tour, Mme Guillou s'escrime de son mieux, secouant et tournant la poignée de la porte dans tous les sens. Mais elle doit abandonner la partie. Les deux hommes commencent à s'impatienter.

— Vous pensez que quelqu'un aurait pu s'introduire dans nos chambres ? demande M. Dulac.

La fermière se met à rire.

— Qui voudriez-vous que ce soit ? Il n'y a que mon mari et moi dans la maison, et vous savez bien que personne n'aurait pu venir de dehors, vu le temps qu'il fait ! Je ne comprends vraiment pas ce qui a pu se passer. Les serrures doivent être détraquées.

Pendant que la fermière parle, Annie, qui examine encore la petite table, soulève le vase de fleurs qui la décore pour regarder dessous. Malheureusement, il lui glisse des mains brusquement et tombe par terre en inondant le tapis !

Sur le palier tout le monde a entendu. M. Dulac bondit et se met à cogner sur la porte.

— Qui est là ? hurle-t-il. Ouvrez immédiatement, ou vous allez le regretter !

— Idiote ! gronde Mick à l'adresse de sa sœur. Ils vont tout défoncer maintenant !

Et c'est bien ce que les deux hommes ont l'intention de faire. Fous de rage et d'inquiétude à la pensée que quelqu'un a pu entrer dans la chambre pour y prendre les documents volés, ils se ruent sur la porte. Sous leurs furieux coups d'épaule, le bois gémit.

— Hé, vous n'allez tout de même pas démolir la maison, j'espère ! s'exclame la fermière indignée.

Mais ses locataires ne font que redoubler d'efforts. Cependant, la porte tient bon.

— Vite, sauvons-nous ! chuchote François. Si on veut revenir, les bandits ne doivent découvrir à aucun prix comment on est entré !

Les quatre enfants se précipitent vers la penderie et se glissent entre les vêtements.

— Je vais passer le premier pour vous aider, dit François.

Il accède rapidement à la corniche et commence à descendre. Un mètre plus bas, il s'arrête pour appeler les autres :

— Vite, Annie, viens ! Mick, passe derrière, tu l'aideras si elle en a besoin. Claude, tu pourras te débrouiller toute seule ? Ça devrait aller, tu es la reine de l'escalade !

Annie a si peur qu'elle ose à peine se risquer d'un échelon à l'autre. Elle se cramponne, les muscles crispés, la gorge nouée d'angoisse.

— Courage, Annie, dépêche-toi, je t'en prie ! murmure Mick. La porte ne va pas tenir longtemps !

À entendre le vacarme effroyable qui vient de la chambre, Mick sait que la serrure et le bois sont sur le point de céder : d'un moment à l'autre, les deux hommes vont entrer dans la pièce. Aussi, le garçon soupire de soulagement lorsqu'il peut enfin s'engager dans la descente !

Cachée parmi les habits de la penderie, Claude attend son tour, cherchant encore à deviner dans quelle cachette les voleurs ont dissimulé les documents de son père. Comme elle s'appuie machinalement à un vêtement accroché derrière elle, elle est surprise d'entendre un bruit de papier froissé. Intriguée, Claude s'aper-

çoit que ce qu'elle a tout d'abord pris pour un manteau léger est un imperméable à grandes poches.

Le cœur de Claude fait un bond dans sa poitrine. Est-ce que ça ne serait pas le vêtement que M. Dulac portait quand François a vu M. Rolland lui remettre les pages du manuscrit, hier, sous la neige ? Claude se rend compte brusquement que personne n'a pensé à fouiller la penderie ! Fébrilement, elle plonge la main dans l'une des poches du pardessus et en retire une liasse de papiers ! Il fait trop sombre au fond du placard pour qu'elle puisse vérifier que sa trouvaille est bien ce qu'elle espère, mais elle est sûre de son coup. Vite, elle glisse les feuillets dans son gilet et, s'avançant sur le seuil du puits, demande anxieusement :

— Mick, je peux descendre maintenant ?

Vlan ! Au même instant, la porte de la chambre s'abat avec fracas, et les deux hommes bondissent dans la pièce en criant comme des possédés. Ne voyant personne, ils s'arrêtent net, et regardent autour d'eux, médusés. Ils savent pourtant qu'ils n'ont pas rêvé : d'ailleurs, le tapis est trempé, et c'est bien là la preuve que quelqu'un est venu.

— Regarde dans la penderie ! s'écrie M. Dulac.

En toute hâte, Claude se laisse glisser de la corniche sur laquelle elle vient de s'asseoir et descend quelques échelons. Elle n'a pas eu le temps de faire coulisser le panneau secret qui dissimule le double fond du placard mais peu importe, il lui suffit de refermer la grande porte de chêne qui donne accès au souterrain et tout ira bien.

Claude se retourne et pousse le lourd battant aussi loin qu'elle peut, sans toutefois réussir à le fermer complètement.

« Bah ! se dit-elle, du moment qu'on ne voit pas l'ouverture. »

Cependant, les deux hommes explorent fiévreusement la penderie, persuadés que leur visiteur s'y est réfugié. Soudain M. Dulac pousse un cri de rage :

— Les papiers ont disparu ! Ils étaient là, dans la poche de mon imperméable. Vite, il faut retrouver le voleur !

Ni M. Dulac ni son compagnon ne semblent remarquer que le placard est plus profond qu'auparavant. Ils ne s'y attardent pas et concentrent plutôt leurs recherches dans les deux chambres.

Claude n'a pas encore atteint le fond du puits, mais ses compagnons l'attendent avec impatience dans le passage secret. Jouant de malchance, leur cousine accroche son pantalon à l'un des échelons, alors qu'elle n'est plus qu'à quelques mètres du sol, et elle perd plusieurs précieuses secondes, cramponnée d'une main dans une attitude dangereuse, avant de réussir à se dégager.

— Dépêche-toi, Claude, je t'en supplie ! s'écrie François, au comble de l'inquiétude.

Dagobert ne comprend pas ce qui se passe et s'inquiète de plus en plus de l'absence de sa maîtresse. Fou de détresse, il saute contre le mur et pousse un hurlement tellement perçant que les enfants sursautent de frayeur.

— Tais-toi, Dago ! s'exclame François.

Mais le chien reprend de plus belle. Sa voix rauque retentit à travers le souterrain, étrangement amplifiée et répétée en d'innombrables échos.

Terrifiée, Annie se met à pleurer, tandis que ses frères s'efforcent de calmer le chien, mais en vain : quand Dago commence à donner de la voix, il est impossible de le faire taire.

Dans la chambre au-dessus, les deux hommes, entendant le vacarme, se regardent, interdits.

— Qu'est-ce que c'est que tout ce bruit ? s'étonne M. Dulac.

— On dirait un chien qui hurle sous terre.

— Bizarre..., reprend le premier.

Il tend l'oreille.

— Écoute, murmure-t-il, on jurerait que ça vient du placard.

Il se dirige vers la penderie et l'ouvre à l'instant précis où Dago lance une plainte encore plus déchirante. L'homme sursaute et se décide à entrer dans le placard. Le vacarme y est assourdissant. M. Dulac cherche à tâtons le fond de la penderie. Mais à peine l'a-t-il touché qu'à sa grande surprise, il sent le panneau de bois céder sous ses doigts.

— Viens voir, lance-t-il à son compagnon, il y a quelque chose de bizarre ici ! Passe-moi vite la lampe !

Les hurlements qui semblent monter des profondeurs de la terre éclatent maintenant dans le petit réduit avec une telle force que M. Dulac ne peut s'empêcher de frissonner.

— Il y a de quoi vous glacer le sang, dit-il.

Puis, saisissant la lampe que lui tend son ami, il examine le fond du placard.

— Regarde, il y a une porte ! s'exclame-t-il en la poussant.

Cependant, la fermière accourt, encore sous le coup de la colère d'avoir vu les deux hommes s'acharner pour enfoncer la porte de leur chambre.

— Ça alors ! s'écrie-t-elle, en voyant une ouverture béante à l'intérieur de la penderie. Je savais bien que mon placard avait un double fond, mais j'étais loin de me douter qu'il y avait une porte derrière. C'est peut-être l'entrée du passage secret dont parlait ma grand-mère !

— Et où est-ce qu'il mène ? l'interroge M. Dulac d'une voix grinçante.

— Je n'en ai pas la moindre idée, répond la fermière. Je ne me suis jamais beaucoup intéressée à cette histoire...

L'homme se tourne vers son compagnon,

— Allons explorer ce passage, dit-il, braquant sa lampe par l'ouverture. Il promène le faisceau lumineux sur les murs luisants d'humidité et découvre vite les échelons rouillés scellés dans la pierre.

— Regarde, c'est par là que notre voleur s'est enfui, reprend M. Dulac. Il ne doit pas être bien loin. Vite, descendons : il faut à tout prix récupérer ces papiers !

En un clin d'œil, les deux hommes s'engagent dans la descente. Celle-ci leur paraît interminable d'autant qu'ils ne savent absolument pas ce qu'ils vont découvrir au fond du puits. Tout est silencieux maintenant et ils ne doutent plus que le voleur se trouve déjà loin.

De son côté, Claude a enfin réussi à rejoindre

ses amis. Dès qu'il la voit, Dagobert se précipite sur elle avec tant d'entrain qu'il manque la renverser.

— Grosse bête, va ! lui dit-elle en lui donnant une caresse. Tu vas nous faire repérer avec tout ce boucan ! Vite, ne perdons pas de temps sinon les bandits risquent de nous rejoindre

François prend Annie par la main.

— Viens, dit-il, cours aussi vite que tu le peux.

Et, s'élançant dans le passage, il entraîne la fillette, suivi des trois autres. Les cinq amis fuient à toutes jambes, songeant avec angoisse au long chemin qu'il leur reste à parcourir. Ils butent sur le sol inégal et sentent leur cœur battre à grands coups.

Soudain, ils entendent derrière eux des cris de triomphe :

— Une lumière, là-bas... C'est le voleur ! Nous le tenons !

CHAPITRE 17

Le Club des Cinq

— Plus vite, Annie, plus vite ! s'écrie Mick, sur les talons de sa sœur.

Mais la pauvre a de plus en plus de mal à avancer. Tirée par François, poussée par Mick, elle trébuche à chaque instant. Les tempes bourdonnantes, le souffle court, elle a l'impression que son cœur va éclater, tellement il cogne fort dans sa poitrine.

— Il faut que je m'arrête, dit-elle, hors d'haleine.

Ce n'est évidemment pas possible, avec les deux bandits à leurs trousses. En traversant la pièce où ils se sont reposés à l'aller, Annie jette un regard d'envie en direction du banc de pierre, mais ses frères ne lui laissent pas le temps de s'y attarder.

235

Tout à coup, la fillette bute sur une pierre et tombe, entraînant François qui, heureusement, se rattrape de justesse. Elle veut se relever aussitôt mais pousse un cri et fond en larmes.

— Je me suis tordu la cheville ! s'écrie-t-elle. J'ai mal, François...

— Il faut que tu sois courageuse, dit son grand frère.

Il a le cœur serré devant la douleur de sa sœur, mais il sait qu'il ne doit pas se laisser émouvoir, car s'il montre sa faiblesse, la partie sera irrémédiablement perdue. Il reprend donc fermement :

— Allez, lève-toi et viens vite !

Annie obéit mais, malgré tous ses efforts, elle ne peut soutenir l'allure que veulent lui imposer ses frères. Elle souffre tellement qu'elle ne peut retenir ses larmes. Mick et Claude se cognent contre elle à chaque instant. Bientôt, elle n'avance plus qu'au pas et en clopinant.

— Qu'est-ce qui va nous arriver ? dit Mick.

Il jette derrière lui un regard inquiet. Les lampes des poursuivants brillent dans l'obscurité du souterrain, et, déjà, les enfants entendent le bruit de leurs pas résonner sur le sol. Tout à coup, Claude s'arrête.

— Continuez sans moi, dit-elle. Je reste ici avec Dago et je vous promets que nos deux voleurs vont trouver à qui parler ! Mick, prends ces papiers, dit-elle à son cousin qui s'est arrêté aussi, laissant François et Annie poursuivre leur chemin.

— Je ne sais pas si c'est ce que nous cherchions : je n'ai même pas eu le temps de les regarder mais en tout cas, je les ai trouvés dans la poche d'un imperméable, au fond de la penderie !

Poussant un cri de surprise, Mick saisit la liasse que lui tend sa cousine et la glisse dans son blouson.

— Je reste avec toi, décide-t-il.

— Non, il faut mettre ces papiers à l'abri. Sauve-toi. Avec le chien, je ne crains rien. Je vais me cacher derrière ce rocher, et, quand les voleurs arriveront, je ferai aboyer Dago le plus fort possible.

— Mais ils pourraient tirer sur lui !

— Si tu crois qu'ils en auront le temps... Et puis, ça m'étonnerait qu'il soient armés. Vite, Mick, va-t'en, je t'en supplie. Ils arrivent !

Mick s'empresse de rejoindre Annie et François qu'il informe du plan de leur cousine.

— Sacrée Claude ! s'écrie François. Elle est vraiment courageuse... Et on peut avoir confiance en elle : les bandits vont avoir du fil à retordre, Dago et elle ne les laisseront jamais passer ! Et comme ça, nous aurons le temps de ramener Annie à la maison.

Tapie derrière un rocher avec Dagobert, Claude attend de pied ferme. Par bonheur, le passage forme une courbe à cet endroit. Soudain, elle se penche vers son compagnon.

— C'est le moment, Dago, lui souffle-t-elle. Aboie aussi fort que tu peux. Vas-y !

Au commandement de sa maîtresse, le chien se met à aboyer furieusement. Il y met tout son cœur, et sa grosse voix se répercute d'une manière effrayante dans les profondeurs du souterrain.

Les deux hommes, qui étaient sur le point d'atteindre le coude du passage, s'arrêtent.

— Si vous faites un pas de plus, s'écrie Claude, je lâche mon chien sur vous !

Un ricanement lui répond et M. Dulac dit à son compagnon :

— Ce n'est qu'une gamine. Et elle croit nous faire peur. Allez, on y va !

Dagobert est comme fou et la fillette a toutes les peines du monde à le retenir. Les hommes s'avancent, le faisceau de leur lampe apparaît au détour du souterrain. Alors, Claude lâche prise et le chien bondit à la rencontre de ses ennemis. Ceux-ci le voient surgir en pleine lumière, terrible, l'œil flamboyant, les

crocs étincelants sous ses babines retroussées. Il s'arrête au milieu du couloir, obstruant le passage.

— Attention, dit Claude sans se démasquer, si vous avancez, il se jettera sur vous !

Les hommes semblent hypnotisés par la vue du chien qui les guette, frémissant de colère. Son poil hérissé le fait paraître encore plus énorme. Un grognement sourd monte de sa gorge. On dirait une bête féroce prête à fondre sur sa proie.

Soudain, M. Dulac se décide : prenant une profonde inspiration, il fait un pas en avant. Mais Claude entend crisser le gravier.

— Vas-y, Dago ! s'écrie-t-elle.

D'un seul élan, Dagobert saute à la gorge de l'homme et le renverse sans lui laisser le temps d'esquisser le moindre geste de défense. Une lutte farouche s'engage tandis que M. Rateau tourne autour des deux adversaires, complètement affolé.

— Rappelle ton chien ! hurle-t-il à l'adresse de la fillette. Sinon, tu vas le regretter !

Claude éclate de rire.

— Je crois que c'est plutôt vous qui allez regretter de l'avoir rencontré ! riposte-t-elle en sortant de sa cachette, ravie de voir les deux voleurs paniqués. Dago, viens ici !

L'animal obéit et court vers sa maîtresse, levant la tête vers elle comme pour dire :

« Qu'est-ce qu'il se passe ? Pourquoi est-ce que tu me rappelles si vite ? Je m'amusais bien, pourtant ! »

M. Dulac se relève, blanc de rage, et fixe Claude d'un regard mauvais.

— Qui es-tu ? demande-t-il.

— Ça ne vous regarde pas, réplique-t-elle. Mais je vous conseille de retourner tout de suite à la ferme de Kernach, et si jamais vous redescendez dans ce souterrain, vous aurez encore affaire à mon chien. Et là, il ne faudra pas compter sur moi pour le rappeler !

Les deux hommes font demi-tour sans insister, ne tenant ni l'un ni l'autre à affronter une nouvelle fois Dagobert. Claude les regarde s'éloigner et lorsque la lumière de leur lampe a disparu, elle se penche vers son chien et l'embrasse.

— Mon Dago chéri ! dit-elle. Si tu savais comme je suis fière de toi ! Viens, il faut rattraper les autres maintenant. Je suis pratiquement sûre qu'ils vont revenir explorer le passage cette nuit, mais s'ils savaient ce qui les attend à la sortie, ils réfléchiraient à deux fois !

Claude et Dago reprennent leur course. Heureusement, Mick a laissé sa lampe à sa cousine, et il ne faut pas longtemps aux deux amis pour rejoindre le reste de la bande. Les fugitifs se régalent du récit de Claude. La pauvre Annie en oublie un instant sa cheville enflée et ne peut s'empêcher de rire.

Ils atteignent enfin l'extrémité du passage.

— Nous sommes arrivés, dit François.

Levant la tête vers la trappe qui donne accès au bureau, il pousse un cri de surprise :

— Tiens, qu'est-ce qu'il se passe ?

Une vive lumière pénètre par l'ouverture : le tapis que François avait si soigneusement rabattu pour masquer l'entrée du souterrain est maintenant relevé.

Les enfants s'approchent avec précaution, mais ils reculent aussitôt : M. Dorsel et sa femme se tiennent au bord du trou ! Lorsqu'ils voient les quatre enfants surgir du sol à leurs pieds, leur stupéfaction est telle qu'ils sont à deux doigts de perdre l'équilibre et de tomber la tête la première.

— Mais qu'est-ce que vous faites là-dessous ! s'écrie l'oncle Henri.

L'un après l'autre, il aide les enfants à se hisser par l'ouverture. Puis c'est le tour de Dagobert, et toute la famille se trouve rassemblée dans le bureau. Un bon feu brûle dans la cheminée et les enfants sont bien contents de profiter de cette chaleur après leur course dans le souterrain froid et humide.

— Maintenant, vous allez nous raconter où vous étiez ! s'exclame Mme Dorsel.

Elle est très pâle et l'inquiétude se lit sur son visage.

— Je suis venue ici essuyer les meubles dans la matinée, et en mettant le pied devant la cheminée, j'ai eu l'impression que le sol se dérobait sous moi. Alors j'ai relevé le tapis et j'ai trouvé cette trappe grande ouverte. Juste après, j'ai vu qu'il y avait une ouverture dans la boiserie, au-dessus de la cheminée. Et vous qui aviez disparu comme par enchantement ! J'étais tellement inquiète que je suis allée chercher votre oncle dans le jardin. Allez, dites-nous ce qui s'est passé et ce qu'il y a au fond de ce trou !

Mick sort les papiers de son blouson et les remet à Claude sans mot dire. La fillette s'en empare et les tend à son père.

— Est-ce que ceci est à toi, papa ? demande-t-elle.

M. Dorsel se jette sur les feuillets et les parcourt fiévreusement.

— Mais oui ! s'écrie-t-il. Ce sont bien les pages volées de mon manuscrit ! Oh, quel soulagement de les retrouver ! Le résultat de trois

ans de recherches et la base de ma formule
secrète. Mais où est-ce que vous les avez trouvés ?

— C'est une longue histoire, papa. Raconte-
la, toi, François. Moi, je suis épuisée.

Le garçon commence son récit. Il n'oublie
aucun détail, expliquant comment Claude a, à
deux reprises, surpris le professeur dans le
bureau, comment elle en a conclu que M. Rolland avait sans doute fait punir Dagobert afin
de pouvoir rôder tranquillement dans la maison
pendant la nuit. Il raconte aussi que sa cousine
s'est étonnée de surprendre le professeur en
grande conversation avec les pensionnaires de
la ferme alors que les uns et les autres faisaient
semblant de ne pas se connaître.

M. et Mme Dorsel écoutent, de plus en plus
stupéfaits. Ils n'arrivent pas à en croire leurs
oreilles. Et pourtant, la preuve de ce qu'affirme
François est là, sous leurs yeux. L'oncle Henri
n'en revient toujours pas et tient ses papiers serrés contre sa poitrine comme s'il avait peur
qu'ils ne disparaissent de nouveau.

Claude prend ensuite la parole pour raconter
comment Dagobert a retenu les deux bandits,
afin de couvrir la fuite d'Annie et de ses frères.

— Tu vois, papa, même si tu as mis Dago
dehors par ce temps et que tu l'as séparé de

244

moi, ça ne l'a pas empêché de tous nous sauver, et tes papiers aussi !

En parlant, Claude regarde fixement son père de ses yeux étincelants. L'oncle Henri semble très gêné : il se reproche intimement d'avoir été si sévère envers Claude et Dago. Tous deux ont eu raison de se méfier de M. Rolland, alors qu'il s'est laissé berner comme un débutant.

— Ma chérie, dit-il à sa fille, j'ai eu tort de vous traiter comme ça, Dago et toi.

Claude sourit à son père : elle ne lui en veut déjà plus.

— C'est fini maintenant, n'en parlons plus, dit-elle. En revanche, je crois que M. Rolland mérite une correction digne de ce nom !

— C'est sûr ! Et je te garantis qu'il n'y échappera pas, promet M. Dorsel. Pour l'instant, il est au lit avec un bon rhume. Il ne doit se douter de rien surtout. Sinon, il serait capable d'essayer de s'échapper.

— Ne t'inquiète pas, fait Claude. Avec cette neige, il n'ira pas bien loin. Mais il faudrait peut-être appeler la police pour qu'on vienne l'arrêter dès que les routes seront dégagées. Et puis, je pense que ses deux complices ne vont pas tarder à redescendre dans le passage secret pour essayer de retrouver les papiers. Dis, papa, tu crois qu'on pourrait les prendre au piège quand ils arriveront ?

— Bien sûr ! s'exclame aussitôt M. Dorsel, même si sa femme ne semble pas être très enthousiaste à l'idée de voir l'aventure se poursuivre.

— Bon, les enfants, reprend l'oncle Henri. Vous devez être à moitié morts de froid, et je suis sûr que vous avez une faim de loup. Allez vite vous chauffer dans la salle à manger, en attendant que Maria nous serve à déjeuner. Nous verrons ensuite ce qu'il faut faire...

Bien évidemment, personne ne se soucie de M. Rolland, que l'on entend tousser dans sa chambre. D'ailleurs, Claude a pris la précaution d'aller fermer sa porte à clef : elle ne tient pas à le laisser rôder dans la maison ou venir écouter les conversations de ses hôtes !

Tout le monde fait honneur au déjeuner, et les fatigues de la matinée sont bientôt oubliées. Les enfants ne se lassent pas d'évoquer leur aventure et de faire des projets pour les heures à venir !

— Je vais téléphoner à la gendarmerie immédiatement, dit M. Dorsel à la fin du repas. Et ce soir, nous installerons Dagobert dans le bureau, alors, si les amis de M. Rolland tentent de venir jusqu'ici, ils auront une belle surprise !

Dans l'après-midi, le professeur proteste violemment quand il s'aperçoit qu'il ne peut pas sortir de sa chambre. Saisi d'une vive impatience, il se met à cogner dans la porte pour attirer l'attention. En l'entendant, Claude a un sourire satisfait. Elle décide de monter.

— Qu'y a-t-il, monsieur ? demande-t-elle poliment.

— C'est toi, Claudine ? Tu veux bien regarder ce qui coince ma porte. Je n'arrive pas à l'ouvrir !

Après avoir enfermé le professeur dans sa chambre, Claude s'est empressée de mettre la clef dans sa poche. Aussi répond-elle d'une voix enjouée :

— Mais, monsieur, comment est-ce que je pourrais ouvrir ? La clef n'est pas sur la serrure. Attendez, je vais la chercher.

M. Rolland bout de colère. Pourquoi sa porte est-elle fermée ? Et où est passée la clef ? Il n'imagine pas un instant que ses machinations aient échoué et qu'il soit démasqué.

L'oncle Henri rit de bon cœur lorsque Claude redescend et le met au courant de sa ruse.

— Tu as bien fait de l'enfermer : au moins, il ne risque pas de s'échapper.

Ce soir-là, tout le monde se couche de bonne heure. On laisse Dagobert dans le bureau, montant la garde à l'entrée du souterrain. La trappe est grande ouverte.

Dans la soirée, M. Rolland s'énerve franchement, cognant à coups de pied et à coups de poing dans sa porte et appelant M. Dorsel en hurlant. À sa grande surprise, seule Claude accourt. Elle s'amuse follement et ne peut résister à l'envie de taquiner le prisonnier en faisant aboyer Dago sur le palier. M. Rolland ne sait plus que penser. On avait pourtant interdit à Claude de revoir Dagobert... Les idées les plus folles se bousculent dans sa tête : cette maudite gamine a peut-être réussi à séquestrer ses parents et Maria, et lui-même par la même occasion ! A-t-elle agi par simple méchanceté, ou par vengeance ? Que s'est-il donc passé ?

Au beau milieu de la nuit, la maison tout entière est réveillée par les aboiements furieux de Dagobert. M. Dorsel et les enfants se précipitent au rez-de-chaussée, suivis par Mme Dorsel et par Maria, complètement éberluée. Dans le bureau, le plus réjouissant des spectacles s'offre à leurs yeux. M. Dulac et M. Rateau sont serrés derrière un fauteuil, terrorisés par Dago qui aboie à perdre haleine. Le chien est campé devant l'entrée du souterrain, les empêchant de repartir par là où ils sont arrivés. La brave bête a eu l'intelligence de ne pas faire un bruit, laissant aux bandits le temps de se hisser par l'ouverture, puis de s'avancer dans la pièce, inquiets de savoir où ils se trouvaient. C'est seulement à ce moment-là que Dago a bondi vers la trappe et donné l'alarme. Maintenant, il monte la garde.

— Bonsoir, messieurs, dit Claude d'un ton poli. Vous venez rendre visite à notre professeur, M. Rolland ?

— Il habite ici ! s'exclame M. Dulac. Je parie que c'est toi que nous avons vue dans le souterrain ce matin ?

— Gagné ! répond-elle. J'imagine que vous voulez reprendre les papiers volés à mon père ?

Les deux hommes se taisent. Ils sont pris la main dans le sac.

— Où est M. Rolland ? demande enfin M. Dulac.

— Oncle Henri, est-ce que je peux conduire ces messieurs dans la chambre de notre professeur ? s'enquiert François. Je sais qu'il est un peu tard mais je crois que cette visite lui fera plaisir.

— Tu as raison, acquiesce M. Dorsel, qui entre aussitôt dans le jeu. Tu peux les accompagner, et toi aussi, Dagobert.

Les hommes suivent François, et Dago leur emboîte le pas, surveillant de près les mollets de ses prisonniers. Claude ferme la marche, le sourire aux lèvres. Sur le palier, elle tend la clef de la chambre à son cousin. François ouvre la porte et fait entrer les visiteurs. Au même instant, il appuie sur l'interrupteur. M. Rolland se dresse sur son lit, et une profonde stupéfaction se peint sur son visage lorsqu'il reconnaît ses amis. Mais personne n'a le temps de dire un mot : François referme immédiatement la porte à double tour et lance la clef à sa cousine.

— Quel beau trio ! dit-il. Nous allons laisser Dago sur le palier pour qu'il monte la garde. Cela m'étonnerait qu'ils essaient de s'évader par la fenêtre et d'ailleurs, avec cette neige, ils ne feront pas trois pas à l'extérieur de la maison.

Tout le monde revient au lit, mais les enfants ont bien du mal à s'endormir après une journée aussi palpitante. Claude et Annie chuchotent longtemps et, de leur côté, les garçons ne sont pas en reste. Ils ont tant de choses à raconter...

Le lendemain matin, une grosse surprise attend les habitants des *Mouettes* : les gendarmes se présentent, malgré la neige qui couvre encore la campagne.

— Nous n'allons pas emmener les prisonniers aujourd'hui, explique le brigadier à M. Dorsel. Le trajet serait trop risqué par ce temps. Mais nous allons leur mettre les menottes, pour leur passer l'envie de se livrer à de nouvelles fantaisies. Gardez-les enfermés dans leur chambre, et laissez votre chien devant la porte. Nous reviendrons les chercher quand les routes seront dégagées, après-demain si tout va bien. Ne vous inquiétez pas pour leur nourriture : nous leur apportons assez de provisions pour deux jours et, s'ils n'en ont pas assez, tant pis pour eux !

Le surlendemain la neige commence à fondre. Dans l'après-midi, un fourgon réussit à atteindre *les Mouettes*. Les gendarmes y font monter M. Rolland et ses complices.

Les enfants regardent le véhicule s'éloigner.

— Et maintenant, s'écrie Annie, Finis les devoirs et les leçons !

— Plus de punitions non plus, pas vrai, Dago ? ajoute Claude.

— Tu avais raison, Claude, dit François à sa cousine. Nous pensions que tu étais beaucoup trop têtue, mais si tu ne l'avais pas été...

— Il faut dire qu'elle est terrible, quand elle s'y met ! fait Mick, passant le bras autour des épaules de sa cousine. Mais c'est comme ça qu'on l'aime !

— Tout à fait ! renchérit François

Claude se met à rire.

— Ça n'a rien d'étonnant, s'écrie-t-elle. Vous êtes aussi terribles et aussi têtus que moi : vous teniez autant à votre idée que moi à la mienne en ce qui concerne M. Rolland ! N'empêche qu'à nous tous, avec Dago, nous formons une sacrée équipe !

— Le Club des Cinq, voilà ce que nous sommes, et rien ne nous arrête ! dit Mick avec enthousiasme.

— Dites, s'exclame Claude, les yeux brillants, ça c'est une idée : si on formait un vrai club ?

À ces mots, Annie saute de joie.

— Oh ! oui, et on n'en parlera à personne !

— Alors, on dit sceller un pacte, décide François. Le problème, c'est Dago : il ne peut pas parler, lui.

Claude dit vivement :

— Cela n'a pas d'importance : Dago nous aime, et il est fidèle. Je ne vois pas ce qu'on pourrait lui demander de plus...

Elle regarde le chien qui, couché à ses pieds, a relevé la tête en entendant prononcer son nom.

— Nous allons former le cercle, reprend-elle. François dira le serment : c'est lui l'aîné. Nous répéterons après lui.

Claude s'assied en tailleur sur le sol, à côté de Dago. Ses cousins l'imitent. Puis, Claude prend la patte droite de Dago, Annie celle de gauche, et les quatre enfants se donnent les mains comme pour faire la ronde.

— Vas-y, François, dit Mick.

Alors le jeune garçon commence :

— Nous tous, Claude, Annie, Dagobert, Mick et François, réunis ici, nous décidons de constituer le Club des Cinq...

Quand les autres enfants ont répété ses paroles, il poursuit :

— Nous promettons de nous aider, de nous protéger et de garder le secret.

À leur tour, ses compagnons prononcent la promesse, et le silence s'installe un moment.

— Le Club des Cinq..., c'est merveilleux, murmure enfin Annie.

— Quand je pense à toutes ces aventures que nous avons déjà vécues, dit Mick, aux grandes vacances, et cette fois-ci, à Noël, je me demande si ça va continuer !

— Ne t'inquiète pas ! lance Claude gaiement. Les aventures du Club des Cinq ne font que commencer !...

FIN

Tu as aimé cette histoire ?
Retrouve toutes les aventures du **CLUB DES CINQ** en Bibliothèque Verte !

Tome 1

Tome 2

Tome 3

Tome 4

Tome 5

Tome 6

Tome 7

Tome 8

Tome 9

Tome 10

Table

PAPIER À BASE DE
FIBRES CERTIFIÉES

⊞ hachette s'engage pour
l'environnement en réduisant
l'empreinte carbone de ses livres.
Celle de cet exemplaire est de :
400g éq. CO_2
Rendez-vous sur
www.hachette-durable.fr

Photogravure Nord Compo - Villeneuve-d'Ascq
Imprimé en Roumanie par G. Canale & C. S.A.
Dépôt légal : mars 2019
Achevé d'imprimer : janvier 2020
60.7031.3/08 – ISBN 978-2-01-707213-3
Loi n° 49956 du 16 juillet 1949
sur les publications destinées à la jeunesse